小学館文庫

かぎ縄おりん

金子成人

小学館

目次

第一話　目明かし志願　7
第二話　仇討ち始末　78
第三話　恋の川　150
第四話　おんな目明かし　220

かぎ縄おりん

第一話　目明かし志願

一

立ち昇った煙草《たばこ》の煙が風に流されて、瞬く間に春の空に消えた。

特段強い風ではない。

見ごろの時期なら、桜の花びらをふわりと運ぶような風である。

猪牙船《ちょきぶね》の床板に両足を投げ出しているおりんは、反対側の船縁に凭《もた》れて煙草を吹かすお紋《もん》の煙の行方を、ぼんやりと追っていた。

日本橋堀留《ほりどめ》、堀江《ほりえ》町入堀《ちょういりぼり》に係留してある猪牙船の上で、おりんとお紋はだらけ切った様子で朝の日射《ひざ》しを浴びている。

あと五日もすれば、季節は春から夏に替わる。

水面《みなも》を渡って来る風に温《ぬく》みを感じるのは、そのせいかもしれない。

「お紋ちゃん、あんたはほんと、美味《おい》しそうに煙草を喫《の》むわねぇ」

「おりんちゃんも喫めばいいのよ」

「だから言ったじゃないのさ。去年、懲りたって」

お紋の方を向いて、おりんは軽く口を尖《とが》らせた。

二人はともに十八の、幼馴染《おさななじ》みである。

おりんは黄色に黒の碁盤格子の着物を身に纏《まと》い、頭は動き回っても型崩れしにくい唐輪髷《からわまげ》に結っているが、お紋は商家の娘らしく、明るい花柄の着物で、髷は島田に結っていた。

お紋は、おりんと同じ町内の煙草屋『薩摩屋《さつまや》』の娘である。

「煙草がどんなもんか、ためしにお喫みよ」

去年の秋、お紋に勧められたおりんは、初めて煙草を喫んだ。その途端、息苦しさと立ち眩《くら》みに襲われて七転八倒して以来、煙草には懲りていた。

川船が近くを行き来する度に軽く波が立って、二人が乗り込んでいる猪牙船がたぷたぷと波音を立てる。

江戸で一番繁華な商業地である日本橋界隈《かいわい》にも近く、縦横に水路の走る河岸や蔵地のある堀留一帯は、朝の暗いうちから荷船が行き交い、岸辺では人足たちが荷を運び、棒手振《ぼてふ》りが人や荷車の間をすり抜けて行くという、活気に満ちた場所である。

だがそれも、日が昇るに従って次第に収まるのがいつものことだった。

「だけど、疲れたね」

額に手をかざして辺りを見回したおりんは、ぽつりと呟《つぶや》く。

「ほんと。行くんじゃなかった」

煙草の煙とともにそう吐き出すと、お紋は、トントンと、煙管《きせる》を軽く船縁に打ち付けた。

朝餉《あさげ》を摂《と》るとすぐ、日本橋本石町《ほんごくちょう》の薬種問屋『長崎屋《ながさきや》』に出掛けたのだ。

長崎出島の阿蘭陀《オランダ》商館長と随行員、そして、シーボルトという商館付の医師らが将軍拝謁のために江戸へ上って来ていた。阿蘭陀商館員の江戸参府は、以前は毎年の恒例だった。だが、出費がかさむため、今では五年に一度になっている。江戸での宿泊所は前々から『長崎屋』と決まっていた。

今年で在位三十九年にも及ぶ十一代将軍家斉《いえなり》にすれば、長崎から来る阿蘭陀人一行に会うのは珍しくもないだろうが、物見高い江戸の町人たちには好奇の的となっていた。

江戸に着いた阿蘭陀商館員一行が、文政《ぶんせい》九年（一八二六）のこの年、三月の初めに『長崎屋』に投宿しているということは、同じ日本橋に住むおりんの耳にも届いていた。

阿蘭陀人というのを、この眼《め》で見てみようじゃないか――意気投合したおりんとお紋は、何度か本石町へ足を向けた。

しかし、『長崎屋』周辺は、異国人目あての見物人で連日ごった返しており、おりんとお紋は、頃合《ころあ》いを見計らっていた。

阿蘭陀人一行が将軍に拝謁するために城に向かうのは、三月二十五日の朝――おりんがそれを知ったのは、父、嘉平治《かへいじ》の口からである。

堀留で『駕籠清《かごせい》』という駕籠屋を営みながら、目明かしでもある嘉平治は、町奉行所同心の御用を務めていた。

将軍拝謁のその日、他の多くの目明かしとともに『長崎屋』周辺の警備をすることになったと、嘉平治は三日前の夕餉の時に、そう口にしたのだ。

「いくらなんでも、朝っぱらから見物人が押し掛けるとは思えないよ」

おりんの意見には、お紋も頷《うなず》いた。

そしてこの日、二人は落ち合って、眼と鼻の先にある日本橋本石町を目指したのだ。

ところが、五つ（八時頃）前だというのに、『長崎屋』の周辺には多くの見物人が押し掛けており、見も知らない目明かしや奉行所の人足たちが、人だかりを追い払うのに大汗をかいていた。

おりんとお紋は、それでも『長崎屋』に近づこうと試みたのだが、人混《ひとご》みにもみくちゃにされたうえに、押し戻されてしまった。

四半刻《しはんとき》（約三十分）以上も悪戦苦闘した末、『長崎屋』から出て来る阿蘭陀人の一行を待つのを諦《あきら》めた二人は、疲れ果てて堀留に戻って来たのだ。

「このまま家に帰るのは、ちょっと癪《しゃく》だわね」

堀江町入堀の北端に差し掛かったところで、お紋が足を止めると、

「うん」

ため息混じりに返事をしたおりんは、お紋と並んで川面《かわも》を向いた。

「あの猪牙船は、市松《いちまつ》さんのだ」

おりんが指をさした万橋《よろずばし》近くの岸辺に、見覚えのある猪牙船が舫《もや》ってあるのが見えた。

舳先《へさき》に近い舷側《げんそく》の、四角に囲われた中に『市』の字の刻印があるのは、知り合いの市松の持ち船に違いなかった。

「日向《ひなた》ぼっこでもしながら、煙草を喫もう」

お紋の提案におりんは頷き、二人して市松の猪牙船に乗り込んだのである。

それから、一刻（約二時間）近くが経《た》ち、刻限は四つ半（十一時頃）を過ぎた時分かと思われる。

「この分じゃ、この先も『長崎屋』に近づくことは難しそうだし、阿蘭陀人見物は諦

めるしかないわねぇ」

「うん」

おりんは、ため息混じりの声を出した。

「長吉《ちょうきち》さんの奉公先が『長崎屋』だったら、阿蘭陀人に会わせてくれたかもしれないのにね」

お紋が口にした長吉というのは、おりんより七つ上の兄である。

長吉は、『長崎屋』と同じ日本橋の、薬種問屋『宝珠堂《ほうじゅどう》』の手代《てだい》として十年前から住み込み奉公をしていた。

「堀留の生きのいい魚が二尾、そんなところで干乾《ひぼ》しになっちゃ、誰《だれ》も食っちゃくれないよぉ」

岸辺からそんな声を掛けて来たのは、界隈でよく見かける初老の唐辛子売りである。

「いいんだよぉ、おじさん。生きのいい魚も、もってせいぜい半日だ。魚は干物になってからが値打ちなんだからさぁ」

おりんが明るく言い返すと、

「長生きして、干物になったお二人さんを見てみたいもんだねぇ」

笑いを交えた声を張り上げて、唐辛子売りは小路へと入って行った。

～とんとん唐辛子、ひりりと辛いは山椒《さんしょう》の粉、すはすは辛いは胡椒《こしょう》の粉、芥子《からし》の粉、唐辛子売りの長閑《のどか》な口上が、ゆっくりと遠ざかって行く。

「あぁ！」

辺りに突然、女の声が響き渡った。

岸辺を見ると、老若入り交じった巡礼の列から飛び出した若い女が、川面に手を伸ばしながら駆けて来る。

巡礼の女は、川に落とした菅笠《すげがさ》を追っていた。

咄嗟《とっさ》に立ち上がったおりんは、船に載せてある棹《さお》を摑《つか》んで、川面を流れる笠へと伸ばす。

長さ七尺（約二・一メートル）ほどでは、笠には届かない。

もう一度棹を伸ばしてみたが、笠は流されて、先刻よりも遠くなっていた。

棹を諦めたおりんは、袂《たもと》に手を入れて鉤縄《かぎなわ》を取り出した。

「お紋ちゃん、頭を上げるんじゃないよっ」

声を張り上げたおりんは、折り畳んでいた細縄を長く引き伸ばすと、縄の先端に結び付けてある二股《ふたまた》になった鉄の鉤を、大きく回し始める。

鉤縄を回す速度が増すと、風を切る音が聞こえ出す。

川面に狙いを定めたおりんが鉤縄を放つと、するすると空を飛び、ゆっくりと流れて行く菅笠の窪《くぼ》みに落ちた。

細縄を引っ張ると、鉤が笠の縁を引っかけて、おりんの立った猪牙船へと近づいて来る。

鉤縄を船底に置くと、おりんは川面から拾い上げた菅笠を、岸辺に立っていた巡礼の女に差し出した。

「ありがとうございます」

受け取って深々と腰を折った女は、おりんと同じ年恰好《としかっこう》のように見えた。

「道中、お気をおつけよ」

声を掛けると、同行の巡礼たちは銘々おりんに会釈をしながら、川沿いの道を南へと歩き去って行った。

「おりんちゃんのその道具は、そんな風に使えるんだね」

「何に使うと思ってたのさ」

「高い木の枝に引っかけて、ぶら下がって遊んでるのしか見たことないよ」

鉤縄は目明かしが捕縛に使う道具のひとつだと言いかけたがやめて、

「さてと、引き揚げるか」

独り言を口にしたおりんは、船底でとぐろを巻いていた鉤縄を手にすると、掌《てのひら》と肘《ひじ》を使って細縄を巻き始めた。

「おや、『駕籠清』のおりんちゃんじゃないか」

大八車の梶棒《かじぼう》を握っていた男が、岸辺から声を掛け、

「嘉平治親分は、家かね」

「あたしは、朝早くに出かけてたから、いま時分いるかどうかは分からないねぇ」

おりんは細縄を巻きながら、顔見知りの醬油屋《しょうゆや》の車曳《くるまひ》きに返事をした。

「いやね、いま、楽屋新道《がくやしんみち》の『うな政《せい》』の前を通りかかったら、親父《おやじ》が客の男に言いがかりを付けられて難儀してたから、親分に出張ってもらおうかと思ってさ」

「家にいたら、そう言っておくよ」

「そいじゃ、頼まぁ」

車曳きはおりんに声を掛けると、醬油樽《だる》の載った大八車を曳いて杉森新道《すぎのもりじんみち》へと入り込んで行った。

「それじゃ、帰ろうか」

おりんが鉤縄を巻き終えたのを見計らって声を掛けたお紋は、先に船を下りた。

その後に続いたおりんは、石段を上がったところで、ふと足を止めた。

「なによ」

お紋が、体ごとおりんを向いた。

「『うな政』の場所は知ってるから、あたし、様子を見て来る」

「おじさんに知らせなくていいの？」

「どこかに出掛けてるかもしれないしさ」

口ではそう言ったおりんだが、揉《も》め事を覗《のぞ》き見たいという好奇心が、むくむくと頭をもたげていた。

「このまま日を浴び続けると、ほんとに干物になりそうだから、わたしは帰るね」

そういうと、お紋は堀留二丁目の方へと歩き出した。

「『うな政』に行くことは、うちの連中には内緒よ」

おりんが声を掛けると、〈承知した〉とでもいうように、お紋は背を向けたままひょいと右手を上げた。


『うな政』のある楽屋新道は、猪牙船を下りた岸辺から南へ二町（約二百十八メートル）ほど行った先にある。

楽屋という呼び名が付くとおり、中村座《なかむらざ》のある堺町《さかいちょう》と市村座《いちむらざ》のある葺屋町《ふきやちょう》は境を接しており、その二座の楽屋口に面した道のことだった。

江戸三座のひとつである森田座《もりたざ》は木挽町《こびきちょう》にあるが、三座のうちのふたつを擁する堺町と葺屋町周辺は連日賑《にぎ》わっている。

芝居見物によく訪れるおりんだが、『うな政』の前を通ったことはあるものの、一度も客になったことはなかった。

楽屋新道と人形町通《にんぎょうちょうどおり》が交わる四つ辻《つじ》近くの、小間物屋と菓子屋に挟まれて立つ『うな政』の戸口には、店の中を覗き込む野次馬が三人ばかりいる。

一旦《いったん》足を止めたものの、一瞥《いちべつ》をくれただけで先を急ぐ者もいる。

おりんは、二枚の戸障子の片側が開けられた戸口の前を通り過ぎると、竹格子の出窓近くに身を隠した。

出窓の障子戸は半分ばかり開いており、首を伸ばすと店内の様子が覗けた。

土間には、前掛けを付けた初老の男が弱り切った様子で立っており、すぐ近くの板場の暖簾《のれん》の隙間《すきま》から、年増《としま》のお運び女が土間の様子を覗いている。

恐らく、前掛けの男が『うな政』の親父に違いない。

「この店じゃ、江戸前の鰻《うなぎ》を食わせるというから来たんだぜ」

前歯が一本欠けた、日に焼けた顔の男が、親父の眼前で凄《すご》んだ。

「間違いなく江戸で捕れた鰻だよ」

親父は低い声で答える。

「だってよ、兄貴」

前歯の欠けた男は土間に両足を置き、板張りの框《かまち》に腰を掛けている総髪の男に声を掛けた。

板張りには食べている途中で箸《はし》を止めた客や食べ終えた客もいたが、二人の破落戸《ごろつき》の凄みに怯《おび》えて、店を出るに出られないでいる様子が見て取れた。

「親父ぃ、江戸で捕れりゃ江戸前ってわけじゃねぇぜ。大川の河口あたりと、深川沖で捕れた鰻を江戸前っていうんだ。おれらが食わされた鰻飯はどうみても、江戸から遠く離れたところから、はるばる運ばれて来た鰻にちげぇねぇ」

そういうと、総髪の男は右手で左の袖《そで》を捲《まく》り上げた。

左の腕には、図柄は何か判然としないが、黒い筋彫が見える。

「そんな長旅をして草臥《くたび》れた旅鰻を、よくも江戸前と騙《かた》って食わせやがったなぁ、親父」

前歯の欠けた男も勇ましく腕を捲った。

「うちのは、深川洲崎《すさき》の漁師が捕まえた鰻ですがね」

親父の控え目な抗弁に、二人の破落戸は一瞬怯《ひる》んだが、

「生まれ在所が鰻の顔に書いてあるわけじゃあるめぇし、信用ならねぇ。間違いねぇのは、おれらが食った鰻飯は、この上なく不味《まず》かったということだよ」

框から腰を上げた総髪の男は、筋彫の腕をさらに見せつけるようにして、声を張り上げた。

「そうだよ。このまま済むわけがねぇだろう。江戸前と偽った上に不味いものを食わ

せやがったんだ、おれらに詫《わ》び代を出すのが筋じゃねぇのか」

前歯の欠けた男の口から、因縁を付けた狙いが飛び出した。

それを聞いて、入り口の暖簾を割って店に足を踏み入れたおりんは、

「兄さん方にお尋ねしますが」

丁寧な物言いをした。

「なんだよ」

前歯の欠けた口を大きく開けて、男は凄む。

「顔じゃ生まれ在所が分からないとお言いなのに、ここの鰻が江戸前じゃないと決めつけておいでなのはどうしてなのか、お聞きしたいと思いまして」

おりんが笑み交じりで問いかけると、前歯の欠けた男は筋彫の男に眼を向けた。

「そりゃおめぇ、美味《うま》いか不味いかの違いだよ」

筋彫の男は、薄笑いを浮かべる。

「店のお人、こちらのおあにいさんが食べ残したものはどれです」

おりんが親父に問いかけると、

「それは、あそこに」

暖簾の隙間から覗いていたお運び女が、板張りの方を指さした。

板張りに近づいたおりんが見たのは、空《から》になっている鰻飯の二つの器だった。

「兄さん方、不味いなら残せばいいものを、残さず食べたのは、どういうことでしょうねぇ」

おりんの問いかけに、破落戸二人は戸惑いを見せた。

「それとも、食べ終わってからやっと、不味いと気付いたわけですか」

「なんだてめぇ！」

言うや否や、胸倉に伸びて来た前歯の欠けた男の掌を、おりんは包むように両手で掴むと、一気に捻《ひね》った。

「いててて」

欠けた前歯を剝《む》き出しにした男の声に、目を吊《つ》り上げた筋彫の男が懐《ふところ》から匕首《あいくち》を引き抜いた。

おりんは咄嗟に、前歯の欠けた男を筋彫の男にぶつけると、

「表に出やがれっ」

声を投げて店の外に飛び出し、路傍に転がっていた棒切れを摑んで身構えた。

先刻、店に入る時見つけていた、一尺（約三十センチ）ほどの棒切れである。

「娘だからって、手加減はしねぇよ」

筋彫の男は、店の中から飛び出して来るなり匕首を横に払った。

その動きを察していたおりんは、半歩下がって刃《やいば》を避けると同時に、男の右腕に棒

切れを振り下ろす。

「うおっ」

うめき声を上げた筋彫の男の手から匕首が地面に落ちた。

店の中から出て来た親父が、落ちた匕首を拾って店の中に放《ほう》り込んだ時、

「揉め事は、ここかぁ！」

見覚えのある奉行所の同心《どうしん》が、声を発しながら駆けつけて来た。

「鰻屋で悶着《もんちゃく》が起きてると聞いたもんでな」

四十くらいの同心の太い声に、二人の破落戸は身をすくませた。

「この二人に言いがかりを付けられたのを、こちらの娘さんが間に入ってくれまして」

親父が急ぎ事情を話すと、

「娘さん、あんた」

訝《いぶか》るような同心の眼が、おりんに向いた。

「ただの通り掛かりですから」

慌てて会釈をしたおりんは、足早にその場から離れた。

駆け付けて来たのは、父親の嘉平治と馴染みの深い、磯部《いそべ》金三郎《きんざぶろう》という北町奉行所の同心だった。

二

堀江町入堀が、午後の日射しをきらきらと照り返している。

朝方は舷側を擦《こす》るようにして行き交う荷船も、この刻限ともなると長閑だ。河岸で働く人足たちの姿も、荷車も少なくなっている。

そんな川沿いの道を、おりんはのんびりと堀留二丁目に向かっていた。

楽屋新道の『うな政』を後にしたのは、一刻（約二時間）ほど前だった。

『うな政』を離れると、その足を葺屋町の蕎麦屋《そばや》に踏み入れた。

朝から動き回った上に、悶着にも首を突っ込んで、いささか空腹を覚えていた。

あっという間に盛り蕎麦一枚を食べ終えて、蕎麦屋を出た時、

「あら、おりんちゃんじゃないの」

女っぽい物言いをする男のだみ声がした。

市村座の楽屋口脇《わき》に置かれた縁台に腰を掛けた文吉《ぶんきち》が、

「ここに来て、ちょいとお掛け」

おいでおいでと、手招きをする。

素直に言うことを聞いて腰掛けたおりんのそばには、引き出しの付いた髪結いの道

具箱があり、髪油の沁《し》みた櫛《くし》や筋立てが並んでいた。

「道具の手入れのついでに、乱れた髪を直してあげる」

立ち上がった文吉は、おりんの体を少し横向きにすると背後に立ち、筋立てで髪を梳《す》き始めた。

文吉は、市村座に三人いる床山のうちの一人である。

「こんなに髪を乱して、いい男でも出来たの？」

「そうさ。それでさっき、一暴れしてきたところ」

「ふん。この、嘘《うそ》つき女めが。はい、おしまい」

そういうと、文吉はおりんの肩を軽く叩《たた》いた。

「ありがとう」

立ち上がって礼を言うと、

「今月、羽左衛門《うざえもん》の旦那《だんな》の芝居はいいわよ。ちょっと覗いてお行きよ」

急いで家に戻る用もなかったおりんは、文吉に勧められるまま楽屋口から小屋に入ると、半刻（約一時間）ばかり芝居見物をしてから帰路に就いたのである。

市村座から堀留二丁目にある『駕籠清』まで、たいした道のりではない。

新材木町《しんざいもくちょう》の万橋の東の袂を過ぎたところで、鐘の音が聞こえてきた。

八つ（二時頃）を知らせる日本橋本石町の時の鐘である。

堀江町入堀の水が行き止まりになっている北端の道をほんの少し右に曲がると、瓢《ひょう》簞新道《たんじんみち》へと向かう小路が左に延びている。

その丁字路の角地に立つ二階家が、『駕籠清』の看板の掛かったおりんの家である。

建物の南半分が『駕籠清』という駕籠屋になっていて、小路からも表通りからも帳場のある土間に入ることが出来る。

住まいの出入り口は別にあるのだが、そこはほとんど使わない。

おりんは、表通りに面している扉のない木戸門を潜《くぐ》って、十坪ほどの裏庭に足を踏み入れた。

「お帰りっ」

敷地の角にある井戸端で、四手《よつで》駕籠の具合を見ていた駕籠舁《か》き人足の円蔵《えんぞう》から声が掛かった。

するとすぐ、

「おりんちゃん、やりましたね」

別の声がした。

木戸門近くの小さな藤棚《ふじだな》の下、縁台に寝転んでいた人足の伊助《いすけ》が、むくりと体を起こすと、にやりと笑みを向けた。

「なんのことさ」

おりんに、心当たりはなかった。

「伊助が言ったのは、楽屋新道の鰻屋の一件ですよ」

猪首《いくび》の円蔵が、さらに首を縮めるようにして笑みを浮かべた。

あ！　――声を上げかけたおりんは、思わず息を呑《の》んだ。

「おりん、こっちにお入り」

祖母のお粂《くめ》の声は、気のせいか、幾分怒気を含んでいるようだ。

庭からも行き来が出来る帳場の土間の戸は開いており、おりんの声はそこに座っていたお粂の耳にも届いていたに違いない。

「ただいま」

土間に足を踏み入れると、

「お帰り」

声を掛けてきたのは、土間の框に腰掛けて煙草を喫んでいた、三十代半ばの人足頭、寅午《とらうま》である。

「おまえ、『うな政』で暴れたっていうのは本当かい」

帳場格子に就いていたお粂の声音には、不快な響きがあった。今年六十四だが、背筋はしゃんとしており、同年の老婆たちより三つ四つ若く見える。

「それは、あたしじゃないと思うけど」

「おりんさん、人助けをしたんだから、何も隠すことはねぇですよ。なんでも、刀を抜いた男五人を、得意の鉤縄でぐるぐる巻きにして堀江町入堀に放り込んだというじゃありませんか」

そういうと、寅午は煙草盆の灰筒で煙管をはたいた。

「だ、だ、誰がそんなこと――」

おりんの声は掠《かす》れた。

「このあたりじゃ、評判になってますぜ」

「ええっ」

おりんの声は、さらに掠れた。

「それじゃ、あっしは」

袋に煙管を仕舞いながら、寅午は庭へと出て行く。するとすぐ、

「親方、お帰りなさい」

円蔵や伊助の声が響き渡り、庭から嘉平治が入って来た。

「なにごとだい」

不穏な様子でも嗅《か》ぎ取ったのか、嘉平治は帳場のお粂に眼を向けた。

「嘉平治さん、今夜、この『駕籠清』の行く末について話があるんですがね」

「へぇ」

訝しそうな声で返事をした嘉平治は、土間に立っているおりんに顔を向けた。

お粂の用件は、おそらく、鰻屋で暴れたという噂《うわさ》に関することに違いないと思われるが、おりんは小首を傾《かし》げて誤魔化した。


三月の下旬ともなると、日の入りは六つ（六時頃）を四半刻（約三十分）過ぎた時分になる。

夕餉を摂り終えた六つ半（七時頃）という刻限ではあったが、台所には明るみが残っていた。

夕餉に使った食器を洗い終えて水切りに並べたおりんは、蔀戸《しとみど》の上がった格子窓の外に眼を遣《や》った。

庭の藤棚も、角に立つ桐《きり》の木も夕闇《ゆうやみ》に包まれようとしている。

夜の仕事がある時は、前棒と後棒を担ぐ駕籠舁き人足が一組か二組は残っているのだが、この日は、明るいうちに、皆引き揚げて行った。

朝餉夕餉の支度や家の中のことを世話する通い女中のお豊《とよ》は、夕餉の片づけをしてから帰ると申し出たのだが、

「片づけはおりんにやらせるから、お前さんは音次《おとじ》と一緒にお帰りよ」

と、お粂に勧められて、『駕籠清』の駕籠舁き人足をしている倅《せがれ》の音次とともに帰

って行った。

「おっ義母《か》さんが、お前も仏間に呼べとよ」

廊下から顔だけ突き入れた嘉平治から声が掛かった。

「分かった。拭《ふ》いたら行く」

返事をすると、顔を引っ込めた嘉平治は、廊下を左へと向かった。

水切りに並べていた食器を拭き終わったおりんは、襷《たすき》を解いて短く折り畳むと、台所の茶簞笥《ちゃだんす》の上に置いて、廊下に出た。

眼の前の障子の向こうは嘉平治が寝起きをする部屋で、廊下を右に行けば、帳場と隣り合った囲炉裏の切られた板張りがあるのだが、冬場はともかく、夏になると境を仕切る板戸が閉まることは滅多になく、代わりに木の衝立《ついたて》が置かれる。

その囲炉裏端からは、三和土《たたき》を下りて小路へ出られるし、三和土の脇にはおりんの部屋がある二階への階段もある。

階段の上り口の奥には、長火鉢の後ろに神棚のある居間があった。

廊下に出たおりんは左へ足を向けて、仏間の外で足を止めた。

「あたしだけど」

声を掛けると、

「お入り」

部屋の中の明かりを映している障子の向こうから、お条の声が返って来た。

おりんが仏間に入ると、灯明のともされた仏壇に向かって手を合わせているお条と、その後ろに畏《かしこ》まっている嘉平治の姿があった。

おりんは、嘉平治の近くで膝《ひざ》を揃《そろ》える。

仏間には箪笥や鏡台もあり、お条が寝起きする部屋を兼ねていた。

「さてと」

体を回したお条は、嘉平治とおりんと向き合った。

「おっ義母さん、灯明を消した方が」

「いいんですよ。これからの話は、仏様にも聞いてもらわなきゃなりませんしね」

穏やかな物言いだが、お条の声音には棘《とげ》のようなものが感じられる。

おりんは思わず、灯明の揺らぎを受けて並んでいる、亡き母やご先祖の五柱の位牌《いはい》に眼を遣った。

「早速ですがね嘉平治さん、『駕籠清』の行く末をどんな風にお考えか、聞かせてもらいたいと思うんですよ」

お条は静かに口を開いた。

こういう時のお条には気を付けなければならないことを、おりんはとっくに心得ている。

「つまりね、嘉平治さんに万一のことが起きた時、この『駕籠清』を誰が引き継ぐかということですよ」

「今のところ、それは、おりんに婿《むこ》を取るのが一番だと思いますがね」

嘉平治の返答には言い返したいこともあったが、おりんは我慢した。

「おりんに婿を取るというのなら、婿の成り手の一人や二人、とっくに決めておかなきゃいけないんじゃありませんかねぇ。女の十八ならとっくに所帯を持って、子の一人や二人生んでいてもおかしくはないんですから。それなのにおりんと来たら、芝居町の鰻屋に乗り込んで、破落戸を痛めつけたっていうじゃありませんか。そんな目明かしの真似事《まねごと》をしてる娘を、お前さんは、嘉平治さんはどうお思いか、聞かせていただきたいもんです」

「お祖母《ばあ》ちゃん、あのね」

「おりんは口を挟むんじゃない」

お粂の鋭い声が飛んだ。

「鰻屋のことは、きちんと説明するから」

「しなくていい。わたしはね、お前がお父《と》っつぁんに隠れて、こそこそと目明かしの真似事をしてるってことは先刻ご承知なんだよ。嘉平治親分の眼は誤魔化せても、このわたしの眼は、誤魔化せませんよ」

そういうと、お条は芝居の敵役のように、不敵な薄笑いを浮かべた。

「お言葉ですがおっ義母さん、わたしがおりんの行状に気付かないとでもお思いですか」

嘉平治も笑みを浮かべて、柔らかく言い返した。

「え、じゃあ、お前さんは、気付いていながら黙っておいでだったのかい。てことは、おりんを目明かしにでもするおつもりかい」

嘉平治の反論にうろたえたのか、お条は、頭のてっぺんから声を出した。

「なにも、そういうつもりじゃありませんが」

最後の言葉を濁した嘉平治は、困惑して小首を傾げる。

はぁと、大きく息を吐いたお条は、

「『駕籠清』はね、わたしのお父っつぁんが興した商いなんだよ」

しみじみと口にした。

そのことは、これまで何度となく聞かされて、おりんも知っている。

お条の父親は清太郎《せいたろう》という名だが、おりんが生まれるかなり以前に死んでいる。

その清太郎と、お稲《いね》の間に生まれたのがお条だった。

清太郎夫婦には他に子は無く、十八になった時に清右衛門《せいえもん》が入り婿となり、その翌年、お条は、おりんの母であるおまさを生み、その五年後には、太郎兵衛《たろべえ》という男児を生んだ。

「その時分だよ。うちの人は近隣の揉め事に首を突っ込んで、どういうわけか丸く収めるもんだから、人望を集めてしまってさぁ。清右衛門さん、お前さんのその侠気《おとこぎ》をお上の御用に役立ててくれないかという磯部様のおだてに乗って、目明かしになってしまったのが、『駕籠清』の傾きの始まりだったんだ」

そこまで口にして、お粂は両肩を大きく上下させてため息をついた。

祖父の清右衛門が目明かしになったころの経緯は初耳だった。

「磯部様っていうと」

おりんが口にすると、

「おれが手札をいただいてる、北町奉行所の磯部金三郎様の、亡くなられたお父上、磯部唯七《ただしち》様だよ」

「あぁ」

おりんが相槌《あいづち》を打つと、嘉平治は頷いた。

「『堀留の親分』なんてみんなに言われたもんだから、うちの人はいい気になって家業の『駕籠清』よりも、捕物の方にかかずらってしまったんじゃないか」

お粂は、まるで昨日の出来事のように、忌々《いまいま》し気に口を尖らせ、

「それでも、幸いなことに太郎兵衛がいたから跡継ぎの心配はないと思っていたら、

とんだ思惑違いになっちまってさ」

　そう畳みかけたお粂は、仏壇に膝を進めると、自棄《やけ》のように、ひとつ大きく鈴《りん》を打ち鳴らした。

　まるで恨みを向けられたかのように、清右衛門の位牌に映った灯明が揺らいでいる。

　跡継ぎだと目されていた叔父の太郎兵衛が、なぜ『駕籠清』を継がなかったかという事情を、おりんは既に知っている。

　そのことは、お粂も嘉平治も語ろうとはしなかったが、藪入《やぶい》りで戻ってきた兄の長吉や人足頭の寅午から、大まかには聞いていた。それよりなにより、おりんは、面白おかしく昔話をした太郎兵衛本人から、事細かに聞かされていた。

「物心ついた頃から、おっ母《か》さんに尻《しり》を叩かれて、手跡指南所に通わされたおれは、読み書き算盤《そろばん》の毎日でさぁ」

　三年ほど前の正月、家に立ち寄った太郎兵衛は、おりんに向かって顔をしかめたのだ。

　読み書き算盤をものにしたところで、太郎兵衛は講釈や落語の面白さに惹《ひ》かれ、さらに、葺屋町や堺町の芝居小屋にも足繁《あししげ》く通うようになった。

　太郎兵衛の興味はそれだけにとどまらず、踊りや三味線にも手を出し、十五になった時分には声色屋《こわいろ》に弟子入りしようとしたのだが、それは、お粂に知れて阻止されたと、ため息をついた。

　お粂と清右衛門は、そんな太郎兵衛に『駕籠清』を継がせることを諦め、おまさに婿を取ることに決したというのが、おりんが耳にしていた経緯である。

「『駕籠清』が衰えたっていうのを、お祖父《じい》ちゃん一人のせいにするのは可哀相《かわいそう》よ。太郎兵衛叔父さんが横道に逸《そ》れなきゃ、栄えてたかも知れないんだから」

「もしそうなってたら、嘉平治さんはおまさの婿になってなかったし、おりん、お前さんだって、生まれてなかったんだよ」

　お粂のいうことに、おりんは返す言葉を失った。

「だけど、うちの人もうちの人だよ。おまさの婿に、なにも本所《ほんじょ》の目明かしの嘉平治さんを選ばなくったってさぁ」

　軽く口を尖らせると、お粂は恨めし気な眼で仏壇を見た。

「そりゃどうも、目明かしのわたしで申し訳ありませんでしたね」

　嘉平治が嫌味ったらしい物言いをした。

「お祖母ちゃん、そんな言い方はあんまりじゃないの」

「なんだよおりん、わたしゃなにも嘉平治さんがどうこうなんて言ってないじゃないか。わたしが言いたいのは、どうしてうちの人は、目明かししか知り合いがいなかったかって、それが悔しいんだよぉ。今更悔やんでも仕方のないことだけどさ」

お条の最後の方の物言いは、いかにも投げやりで、本心とは思えない。

「要するに、わたしは、『駕籠清』をあの頃の『駕籠清』に戻したいんだよ。ひと頃は二十丁もあった四手駕籠も、今じゃたったの十丁。四、五十人はいた駕籠舁き人足だって、今は二十人足らずだ。なにもね、金儲《もう》けして贅沢《ぜいたく》をしたいと言ってるんじゃない。どうして、わたしが帳場に座って、番頭代わりを務めなきゃならないかってことなんだよ」

「死んだおっ母さんの代わりが嫌だってこと？」

「そんなことを言ってるんじゃないよ。主《あるじ》が、駕籠屋の傍ら目明かしをしてる『駕籠清』と言われるんじゃなく、駕籠屋一本で世渡りをしている『駕籠清』だと、世間様に胸を張りたいと言ってるんだ。そのために、おりんには、『駕籠清』を受け継ぐ婿を一刻も早く迎えさせなきゃならないだろう。そんな覚悟が、嘉平治さんやおりんにあるのかどうかを、聞かせてもらいたいんですよ」

言い終わると同時に、お条は、おりんと嘉平治を見て肩をそびやかすと、

「それが嫌だというのなら、奉公している『宝珠堂』から長吉を辞めさせて、『駕籠清』の跡継ぎに据えるしかないね」

無理は承知と知りながらも、自棄のような声を張りあげた。

「それはいい考えだよ、お祖母ちゃん」

おりんが、素直に口にすると、

「ただし、当の長吉が、うんと言えばのことですがね」

嘉平治がそう付け加えると、お粂はやるせなさそうにため息を洩《も》らした。

三

早朝の堀江町入堀はいつもの貌《かお》を見せている。

川面を荷船が行き交い、その両岸で荷揚げをする人足たちの声が響き渡り、すれ違う荷車の間隙《かんげき》を縫うように棒手振りたちが駆け抜けていく。

そんな活気のある人の行き交いを縫いながら、おりんは日本橋川の方へと足を向けていた。

雑踏の先に、並の大人より背丈のある嘉平治の頭が見えている。

朝餉を摂るとすぐ、嘉平治は神棚の十手を摑んで家を出た。

おりんは、その後を追ったのだ。

行先が八丁堀《はっちょうぼり》だということは分かっていた。

嘉平治に限らず、江戸の多くの目明かしは、手札を貰《もら》っている同心の住まう八丁堀の役宅を毎朝訪ね、その日の御用を伺うというのが慣例になっているのだ。

嘉平治が向かっているのは、北町奉行所の定町廻《じょうまちまわり》同心、磯部金三郎の役宅である。

「追いついてしまったね」

おりんが、軽く左足を引きずるようにして歩く嘉平治の横に並ぶと、

「おぉ、どこへ行くんだ」

と、訝しそうな眼を向けられてしまった。

「船頭の市松さんにちょっと」

曖昧《あいまい》な返事をしたが、嘉平治は気にすることなく、おりんと並んで歩く。

「ついでに、八丁堀まで付いて来ねぇか。昨夜の、おっ義母さんの話についても、話したいしな」

「分かった」

おりんは、渡りに船の誘いに、即座に返答した。

嘉平治が左足を引きずるようになったのは、二年半ほど前からである。

神田明神《かんだみょうじん》の祭礼の夜、二人の下っ引きと共に人混みの整理をしている最中、何者かに左太腿《ふともも》の付け根近くを刃物で刺され、重傷を負ったのだ。

傷は三か月ほどで治ったものの、足の腱《けん》を傷めたものか、左足を引きずるようになった。

その当時、嘉平治は目明かしの務めを返上するつもりになっていたし、お粂などは、

『駕籠清』の仕事に専念してくれるものと確信していた節があった。

ところが、父親と同じく北町奉行所の同心になっていた磯部金三郎から、

『嘉平治の人望と眼力は、なにものにも代えがたい』

と懇願されて、手札を返上するのをやめた経緯があった。

傷を負うまでは、目明かしの親分として陣頭に立ち、方々を駆け回っていた嘉平治だが、それ以降、飛び回るのは控えるようになった。

その代わりに、下っ引きの弥五平《やごへい》と喜八《きはち》が、嘉平治の指示を受けて動き回るようになっている。

嘉平治は以前、八丁堀の磯部家まで歩いて行っていた。

伊勢町堀《いせちょうぼり》の小舟河岸《こぶなかし》に沿って日本橋川と交わるところに進み、そこで荒布橋《あらめばし》を渡ってすぐ、江戸橋を渡り八丁堀へと向かうのは、足を傷めた嘉平治には負担であった。

小網町《こあみちょう》と八丁堀を結ぶ鎧ノ渡《よろいわたし》を使うようになってから、道のりはかなり短くなり、行き帰りは楽になっていた。

鎧ノ渡は日本橋川の東岸、小網町二丁目の鎧河岸にある。

船頭の市松が、渡し場に係留した船の縁に片足を載せて揺れを止め、次々と乗り込む物売りや子供連れの母親などに手を貸してやっていた。

「親方、おはよう」

市松は、おりんの前に乗り込もうとする嘉平治に片手を差し伸べた。

「ありがとよ」

礼を口にして乗り込んだ嘉平治が、今度はおりんに片手を差し伸べる。

「ありがと」

人が居なければひょいと飛び移るところだが、おりんは船を揺らさないよう静かに乗り込んだ。

「船を出すよぉ」

舫《もやい》を解いた市松は艫《とも》に立ち、声を張り上げると同時に、右足で石垣を突く。

渡し船が船着き場を離れると、市松は素早く櫓《ろ》を漕《こ》ぎ始める。

「おりんちゃんもお役人の家に行くのか」

船の舳先を茅場河岸《かやばがし》に向けると、市松から声が掛かった。

「昨日、煙草屋のお紋ちゃんと二人して、この船で一休みさせてもらったから、ひと言お礼を言っておこうと思っただけ」

「あぁ。それなら唐辛子売りの留《とめ》さんに聞いた。二人仲良く甲羅干ししてたそうじゃねぇか」

「亀《かめ》じゃあるまいし、ただの日向ぼっこだよ」

負けじと言い返すと、船の客から楽し気な笑い声が上がった。

「それよりおりん、おめぇ、昨夜のおっ義母さんの話、どう思うんだよ」

嘉平治は、辺りを憚《はばか》って声をひそめた。

「昨夜のなに」

「お前に婿を取らせるって一件だよぉ」

「『駕籠清』を続けるには、それしかないのかねぇ、お父っつぁん」

「いや。おめぇが他所《よそ》へ嫁に行ったら、おれがどこかから養子を取って、そいつと誰かを娶せる《めあわ》って手もなくはない。だがそれは、おっ義母さんが承知すめぇ」

おそらく、嘉平治の言う通りだろう。

『駕籠清』の看板を自分の血筋に継がせたいと思っていることは、お粂の常日頃の言動からもよく分かっていた。

渡し船は一町（約百九メートル）足らずの日本橋川を横切って、丹後田辺藩牧野家《たんごたなべはんまきの》の上屋敷と茅場河岸の間にある船着場に着いた。

「ここまで来たんだ。磯部様に挨拶《あいさつ》して行かねぇか」

船を下りたところで、嘉平治から声が掛かった。

「いいのかい」

あまりにも思い通りに事が運ぶので、おりんは敢《あ》えて、躊躇《ためら》ってみせた。

「ついでさ」

小さく笑って、嘉平治は先に立った。

磯部金三郎の役宅が、茅場町の富士塚近くの亀島町《かめじまちょう》にあることを、おりんは知っていた。

父に時節の挨拶にと連れられて行ったことがあったが、それも、十三、四の頃までで、近年は、あれこれ理由を並べて、挨拶回りからは逃げていた。

「おはようございます。堀留の嘉平治です」

扉のない冠木門《かぶきもん》の前に立った嘉平治が、声を上げた。

しばらく待っていると、建物の右手から初老の下男が現れ、

「嘉平治親分、旦那様は庭の方で髪を結ってもらっておいでだよ」

と、建物の左側の植え込みの傍《そば》に巡らされた柴垣《しばがき》の方を手で指した。

「それじゃ、お邪魔しますよ」

下男に声を掛けた嘉平治は門を潜ると、柴垣に設《しつら》えられた竹の戸を開けた。

嘉平治の後ろに隠れるようにして続いたおりんは、植え込みの間を通り抜けると、裏庭に出た。

「親分、表の声は聞こえていたよ」

庭の縁に胡坐《あぐら》をかいて、髪結いに髷を結わせていた磯部金三郎が、眼を瞑《つぶ》ったまま声を発した。

定町廻の同心が奉行所の勤めに出るのは、普段なら、おおよそ四つ（十時頃）だということは聞いている。

その前に、髪を結ったり、湯屋へ行ったりしてから出仕するという話も聞いていた。

「結い上がりました」

背後に膝を立てていた初老の髪結いが、金三郎の肩に置いていた手拭《てぬぐ》いを取って声を掛けた。

「ありがとよ」

金三郎が眼を開けて礼を口にすると、髪結いは道具を片付け始めた。

「それは」

金三郎は、嘉平治の陰に隠れていたおりんに気付いた。

「娘の、りんでございます。鎧ノ渡まで連れだって来ましたので、ついでと言っちゃなんですが、ご挨拶でもと」

嘉平治の話を聞いていた金三郎の顔つきが、ふと何かを思い出したように動いた。

「お久しぶりで、ございました」

おりんは、『お久しぶり』に力を込めて、頭を下げた。

「なるほど、お前さんが、嘉平治のねぇ。なるほど」

そういうと、金三郎はふふと声を出して、小さく笑った。

「ここしばらくは、わたしどもの家にお寄りになってませんから、外で見かけてもお分かりにはなりませんでしょう」

「うん。分からねぇな」

金三郎は嘉平治に話を合わせると、

「しばらく見ねぇと、娘というもんは変わるねぇ。うん。見ねぇ間に、この、随分と逞《たくま》しくなったもんだ」

髭《ひげ》を剃《そ》った後の頬《ほお》を片手でつるりと撫《な》でて、相好《そうごう》を崩した。

「お役目の話もおありでしょうから、あたしはこれで」

「いや、込み入った話はねぇよ」

金三郎に引き留められそうになったが、

「茅場町天神様でお参りしたあと、霊岸島《れいがんじま》の知り合いのところに寄ろうかと思いますので」

茅場町富士と隣り合った天神様の名を口にすると、丁寧に腰を折って、庭を辞した。

磯部家の役宅を出て、天神様へと通じる小道に入ったところで、おりんは大きく息を吐いた。

昨日、『うな政』での出来事を言い触らしたのが金三郎ではないことを確かめられて、おりんは、ひと安堵《あんど》した。

では誰が、おりんの武勇伝を大袈裟《おおげさ》に吹聴《ふいちょう》したのか。

堀留の一帯には、講釈師のように面白おかしく吹聴して回るのを生きる楽しみにしている顔見知りや、口の軽い輩《やから》がいるに違いないと思い至って、下手人探しは諦めるしかあるまいと決した。

しかし、あれはなんだ——おりんは、胸の内で呟く。

先刻、金三郎が口にした言葉が頭を過《よぎ》った。

久しぶりに会った相手に、娘らしくなったというのなら分かるが、悪意はないにしても、よりによって逞しくなったとは何ごとか——ぶつぶつと呟きながら、おりんは茅場町天神へと足を速めた。


七つ（四時頃）の鐘が鳴ってから半刻ほどが経っているが、日はまだ西の空にある。

ひと頃よりはかなり昼が延びており、黄昏《たそがれ》というには早すぎる頃おいである。

柳橋《やなぎばし》の船宿の客を迎えに行く駕籠が二丁と、日本橋室町《むろまち》から客を乗せて吉原《よしわら》へ向かう駕籠が一丁、相次いで飛び出した後、『駕籠清』の庭から駕籠舁き人足の姿が消えていた。

父親の嘉平治に従って、八丁堀の磯部家へ行った日の夕刻である。

人けのない庭の井戸の近くで両足を踏ん張ったおりんは、先刻から、二階の屋根近くにまで伸びている桐の木の高枝に、投げた鉤縄を巻き付ける習練に余念がない。

祖父の清右衛門に作ってもらった玩具の鉤縄を、小さい時分から遊び道具にしていたおりんの腕前は、

「舌を巻きますよ」

と、下っ引きの弥五平が感心してくれるほどになっている。

祖父が作ってくれた玩具の鉤縄は竹で出来たものだった。八つだったおりんは、自分が目明かしになったような気になり、庭の藤棚や桐の枝に何度も鉤縄を投げて遊んだ記憶がある。

今使っている鉤縄は、二年ほど前、知り合いの鍛冶屋《かじや》に頼んで誂《あつら》えたもので、鉄の鉤を頑丈な細縄に結び付けた代物である。

エッホ、エッホと掛け声が近づいて来ると、垂れの上がった空駕籠を担いだ寅午と円蔵が庭に駆け込んできた。

「お帰り」

おりんは、鉤縄の縄を巻き取りながら声を掛ける。

「もうすぐ日も暮れるっていうのに、親方も大変だ」

寅午が、駕籠の底に敷いた綿入れの薄い敷物を外しながら、感心したように首を捻る。

「なんのこと」

「今、伊勢町堀の小舟河岸を通ってきたんだがね、駆けて来る親方と下っ引きの喜八と出くわしたもんだから」

特段珍しいことではないので、寅午の声は淡々としている。

「お父っつぁんは、持ち場の自身番を見て回るって、半刻前に出て行ったけど」

「あぁ。そしたら、自身番に知らせがあったんだよ、きっと」

「知らせって」

おりんは、猪首で光る汗を拭いている円蔵に近づいた。

「詳しいことは聞けなかったがね、なんでも、堀江町《ほりえちょう》二丁目の唐傘屋で、わけは分からねぇが、刃物を持った野郎が立て籠《こ》もってるようだよ」

「分かった」

低い声を発したおりんは、巻き取った鉤縄を短くまとめて袂に突っ込むと、赤い鼻緒の吾妻下駄《あずまげた》を鳴らして通りへと向かった。

「堀江町に行きなさるんで」

寅午の問いかける声に、

「お祖母ちゃんに聞かれたら、お紋ちゃんのところだろうとか言っておくれっ」

背中を向けたまま声を上げると、庭の木戸門を駆け抜けた。

堀留二丁目の『駕籠清』から堀江町二丁目は、三町（約三百二十七メートル）足らずの隔たりだから、大した道のりではない。

かつかつと下駄の音をさせて、おりんは急ぐ。

堀江町二丁目の唐傘屋に心当たりはないが、近くに行けば騒ぎの元は分かるに違いない。

堀江町入堀に架かる万橋と親仁橋《おやじばし》の間に、堀江町二丁目と三丁目がある。

三丁目近くまで歩を進めたものの、立て籠もりの騒ぎが起きている様子はない。

三丁目との境にある丁字路を右へ曲がったおりんは、行く手の四つ辻に人だかりを見つけた。

「騒ぎのある唐傘屋はこの先ですか」

おりんは、右手の小路から出て来た男の端切れ売りに声を掛けた。

「うん。ほら、あそこの『高砂屋《たかさごや》』って看板の掛かってるところに人だかりがしてるだろう。だがね、立て籠もった男は人質を取ってるようで、こりゃ、長引きそうだよ」

そういうと、端切れ売りは去って行った。

おりんは、人だかりのしている『高砂屋』の店先へ、ゆっくりと近づく。

「もっと下がれ。傘屋はもう、店じまいだから、帰るんだよ」

『高砂屋』の奉公人や町内の若い衆に混じって声を張り上げているのは、嘉平治の下っ引きをしている喜八だった。

正面の人だかりを避けたおりんは、店の外壁に沿って出入り口の方へ進むと、格子窓の中の障子が半分開いているのに気付いた。

障子の隙間からは、店内の様子が窺《うかが》える。

板張りには、色とりどりの上物の唐傘の並んだ棚があり、土間には蛇の目傘が何本も下げてある。

帳場近くの土間には、羽織を腰の上まで捲り上げた装《な》りからして、町奉行所の同心と思《おぼ》しき若い侍が立っており、店の奥からやって来た奉行所の小者《こもの》らしい男たちから報告を受けている様子が見られる。

「おりんさん」

いつの間にか近くに来ていた喜八から声が掛かると、

「立て籠もりの様子を教えておくれよ」

おりんは低い声で頼み込む。

「へぇ。立て籠もってるのは、以前、ここで奉公していた平吉《へいきち》って野郎でして」

喜八は、おりんの耳元で囁《ささや》いた。

平吉は、これまでも何度か『高砂屋』にやって来ては、一人娘のお千代《ちよ》に会わせてほしいと頼んでいたらしい。しかし、お千代の父親で、『高砂屋』の主に断られると、いつもはすごすご諦めていたのだが、今日の平吉は様子が違っていた。

お千代との対面を無下に断られた平吉は、懐に忍ばせていた包丁を出して、「お千代さんに会わせろ」と眼を吊り上げて店の奥に向かおうとした。

奉公人たちが止めに入って揉めるうち、番頭の腕が切れて血が滴り、騒ぎはさらに大きくなった。

途端に正気を失った平吉は取り乱し、たまたま帳場近くにいた若い男に包丁を突き付けて人質にし、母屋《おもや》の庭にある蔵に立て籠もったのだという。

「人質の若い男はここの奉公人じゃねぇようで、どうも、なにかの使いで来ていたお店者《たなもの》らしいね」

そういいながら、格子窓から店内に眼を向けた喜八が、

「親分と弥五平兄ぃだ」

と、囁く。

金三郎に続いた嘉平治が板張りに現れた。その後ろには、二十一の喜八より十も年上の下っ引き、弥五平が続いていた。

金三郎が若い同心に声を掛けると、嘉平治を指し示し、二人を引き合わせた。

「あの若い人は仙場辰之助《せんばたつのすけ》様と言って、親の跡を継いで北町の同心になったばかりだということだよ」

喜八の話が終わるとすぐ、嘉平治から何ごとか言いつかった弥五平が、店の表に出て来た。

「なにか」

喜八は弥五平の傍に飛んで行く。

弥五平に耳打ちされると、喜八は人混みを掻《か》き分けてどこかへ駆け去った。

「弥五平さん、中の様子を見られないかなぁ」

「そりゃ、いけません」

苦笑いを浮かべた弥五平は片手を横に振りながら、店の中に戻って行った。

「おりんちゃん」

囁くような女の声を聞いたおりんが見回すと、人垣の間から首を伸ばしているお紋が、右手を動かして、おいでおいでをしていた。

四

おりんは、お紋と並んで小路に入った。

「ちょっとおいでよ」

店の表でお紋に誘われたおりんは、『高砂屋』の裏手へと向かっているのだ。

「喜八さんが、おりんちゃんも来てるって言ってくれたもんだからさ」

お紋は、おりんを探したわけを口にした。

「でも、どうしてお紋ちゃんは堀江町に来てたのさ」

「さっき、煙草を買いに来た『高砂屋』の台所女中から騒ぎを聞いたの」

横に並んだお紋は、秘密めかした物言いをして、大きく頷いた。

立て籠もった男が煙草を所望したらしいのだが、『高砂屋』の中に煙草を喫む者はおらず、女中が、煙草と煙管を買いに、『薩摩屋』に走らされて来たという。

「こんな騒ぎだから、おりんちゃんも来てるに違いないとは思ったけど、どうお、台所に入らせてもらって、中の様子を覗いてみない」

「そんなこと出来るの？」

思いがけないことに、おりんは眼を丸くした。

「台所女中のお篠《しの》ちゃんと仲良くなったから、大丈夫」

そう請け合うと、お紋は、『高砂屋』と書かれた軒行灯《のきあんどん》のある、板塀の潜り戸を押し開けた。

お紋に続いて入った潜り戸の中は、物置小屋や井戸のある庭になっていた。

「こっちよ」

お紋は、開いた戸から竈《かまど》の煙が流れ出ている台所へおりんを導く。

「お篠ちゃん」

台所に足を踏み入れたお紋は、湯釜《ゆがま》の載った竈の火加減を見ていた十五、六の娘に声を掛けた。

「この人が、さっき話したおりんちゃん」

「堀留の嘉平治親分さんの、お嬢さんですね」

お篠は、丁寧に頭を下げた。

そこへ、奥から足音を立てて現れたのは、幾つもの湯呑《ゆのみ》と土瓶を載せたお盆を持った四十ばかりの女だった。

「お前さん方は」

襷を掛けた四十女が、おりんとお紋を見咎《みとが》めた。

「おらくさん、こちらは煙草の『薩摩屋』のお紋さんで、こちらは嘉平治親分さんの娘さんで、おりんさんです」

お篠の説明には反応を示すことなく、おらくは、あぁあと、嘆かわしそうなため息を洩らすと、土間近くの框に両足を投げ出して座り込んだ。そして、

「平吉の奴《やつ》、こんなことを仕出かすなんてねぇ。そうだ、お篠、これに湯をついで旦

那さまやお役人方のところへ持って行っておくれ」

「はぁい」

お篠は、竈の前で湯釜の湯を土瓶に注《つ》いで板張りに上がると、急ぎ台所を出て行った。

「煙草屋の『薩摩屋』っていえば、こちらのお嬢さんと、踊りのお師匠さんが一緒じゃありませんでしたかねぇ」

「ええ、そうなんです。それで心配になって来たんですけど」

しおらしい声を出したお紋は、土間の端の框に腰を掛けると、

「いい男と見ると、すぐに媚《こび》を売るいやな女なの」

おりんの耳元では、そう告げた。さらに、

「酒は強いくせに、そっと頬紅を注《さ》しては酒に酔ったふりをして、役者やら絵描きにしなだれかかるんだから。お千代《ちよ》のやつ、いつかは男絡みの悶着を起こすんじゃないかと思ってたわ」

「あたしは、顔を合わせたことはないわね」

「背恰好は、おりんちゃんとよく似てるわね」

思い返してみたが、やはり、お千代に会った覚えはなかった。

台所の奥の方から、年の行った男と女の切羽詰まったやり取りが届いた。

「旦那様とおかみさんが、お嬢さんを蔵に連れて来いという平吉の言い分を聞くかどうかで、さっきから話し合っておいでなんだよ」

おらくが、おりんたちに小声で告げると、その直後、

「お千代に会わせないと、人質がどうなるか分からないって平吉は喚《わめ》いてるそうじゃありませんか」

奥の方から、お千代の母親と思しき声がはっきりと聞こえた。

「だからってお前、お千代に万一のことがあれば、養子話も立ち消えて、『高砂屋』は立ちゆかないことになるんだよ」

言い返したのは、恐らく『高砂屋』の主だろう。

「でもお前さん、人質の方に万一のことがあったら、向こう様には何と申し開きをするんですか」

母親は金切り声を上げた。

「おらくさん、蔵の人質というのは、いったい誰なんです」

おりんは、穏やかに問いかけた。

「それが、たまたま、届け物を持っていらしていた、日本橋小田原町《おだわらちょう》の佃煮屋《つくだにや》のご次男でしてね」

「あぁ、『佃定《つくさだ》』の鮎次郎《あゆじろう》だ」

お紋が声を出すと、

「その鮎次郎さんが、この秋、お嬢さんの婿として『高砂屋』にお入りになることになってるんですよ」

おらくはそう言って、大きく頷いた。

そして、『高砂屋』の主人は、人質が人質だからと焦った末、町内の鳶《とび》の頭に頼んで、四半刻前、若い屈強な鳶を三人、蔵の中に飛び込ませたのだ。

ところが、番頭を傷つけて自棄になっていた平吉は、

『どうせ死罪になる身だ』

などと無闇矢鱈《むやみやたら》に刃物を振り回したらしく、鳶たちは命からがら蔵から退散したという経緯があったことも、おらくは、おりんとお紋に打ち明けて、

「『高砂屋』にいた時分の平吉は、おとなしかったのにねぇ」

せつなげに呟いた。

「そういう人ほど、一旦なにかあると、手の付けられない暴れ方をするらしいですからねぇ」

おりんは、おらくを労《いた》わるように声を掛けた。

嘉平治や弥五平たちの話から、気の弱い者に限って哀れな刃傷沙汰《にんじょうざた》を起こすということは、よく耳にしていた。

台所の中が、うっすらと夕焼けの色に染まっている。

奥の廊下から、土瓶を下げたお篠に続いて現れた喜八が、

「あ、ほんとにお紋さんまで」

おりんとお紋を見て呟いた。

「おらくさん、茶の葉を新しくして、持ってくるよう言いつかって来ました」

「分かった」

頷いたおらくは、茶簞笥から別の土瓶を取り出すと、茶筒の葉を入れて、土間に下りたお篠に手渡した。

「喜八さん、さっきはどこに行ったのよ」

おりんが尋ねると、

「小田原町の鮎次郎さんの家に、人質になっていることを知らせに行ったら、『佃定』から二親が付いて来て、こちらの旦那さんたちのいる座敷に入ったところだよ」

「お湯を入れましたので」

お篠が土瓶を差し出すと、それを受け取った喜八は、奥に戻って行った。

「冗談じゃありませんよ」

突然、『高砂屋』の主の声が轟《とどろ》いた。

「立て籠もった男の言う通り、お千代さんを連れて来たらいいじゃありませんか新兵《しんべ》

衛《え》さん。そうじゃないと、鮎次郎はいつまでも人質のままということですよ」

　この声は、鮎次郎の父親の声に違いない。

「お千代さんを蔵に入れて、うちの鮎次郎を返してください」

　悲痛な女の声は、鮎次郎の母親だろう。

「お千代に万一のことがあったらどうするんですかっ」

「うちの鮎次郎はどうなってもいいということですかっ。こんなことなら土産なんか、届けさせるんじゃなかった」

　母親同士の声がぶつかった。

「『高砂屋』さん、こうなったら、鮎次郎をこちらの養子にという話は取りやめてもいいんですよ」

「結構でしょう。娘さえ無事なら、何も佃煮屋じゃなくても、養子の来手はいくらでもありますから」

「うちの鮎次郎を是非にと、頼み込んだのはいったい誰だっ」

　男親までもが角突き合わせてしまったようだ。

「ままま。ここで親同士が言い争っても、なにも始まりませんよ」

　両者をとりなしたのは、嘉平治の声である。

おりんは、台所女中のお篠に続いて、『高砂屋』の二階への階段を上がっている。

ほんの少し前に日は沈んだが、家の中に残照が染み渡っていた。

一緒に台所にいたお紋は、『薩摩屋』からの迎えが来て、四半刻前、堀留二丁目の家に不承不承ながら連れ戻されていった。

その後、『高砂屋』と金三郎ら役人たちは、人質を取って立て籠もっている平吉の懐柔策に出た様子だが、それは功を奏することはなく、依然、膠着《こうちゃく》状態が続いていた。

「蔵の中の平吉は苛立《いらだ》ってるようだし、人質の鮎次郎さんは『こちら様のいう通り、お千代さんをここに連れて来て下さい』などと、泣きそうな声を出してるよ」

台所に茶を取りに来た喜八はそんなことを告げ、金三郎や嘉平治らが詰めている座敷に菓子を運んだ女中のお篠は、

「旦那さんやお役人様たちは、暗い顔をして唸《うな》っておいでです」

と、台所に戻るたびに、奥向きの深刻な様子をおりんに伝えた。

「お篠ちゃん、どこか、蔵が見通せるようなところはないだろうか」

蔵を見ればどうにか出来ると思ったわけではなかったが、何とかしたいという血のたぎりを覚えたのだ。

「二階の小部屋からなら、庭と蔵が見えます」

そう言ったお篠に頼んで、おりんは二階へと案内を請うたのである。

「ここです」

廊下の障子を開けたお篠が案内した部屋には、夕焼けの色が満ちていた。

「こっち側が蔵のある庭です」

お篠が指をさした方に近づくと、おりんは、細めにそっと障子を開ける。

眼下の庭に、一棟の蔵があった。

「わたしは下に」

小さく言い残して、お篠は部屋を出て行った。

障子の隙間から見える蔵の土壁は焼き板が張り付けられていて、屋根はおりんの眼の高さの少し上にある。

蔵の扉があるのは、おそらく左側と思われる。その辺りには、こんもりと葉を茂らせている沈丁花《じんちょうげ》や山茶花《さざんか》が見え、他にも胸ほどの高さで茂る柘植《つげ》や椿《つばき》もある。扉近くの木陰には人影が二つ見えた。

人影が誰かは、暗くて判然とはしない。

「お千代はまだ来ないのかっ」

突然、蔵の中から男の苛立ったような喚き声がした。平吉はかなり焦《じ》れているようだ。

すると、母屋から出て来た二つの人影が、蔵の前に潜んでいた人影のそばにしゃがみこんだ。

出て来たひとつの影は腰の刀からして磯部金三郎で、もうひとつは、体つきからして嘉平治に違いない。

「お千代が来ないなら、ここにいる男を刺しておれも死ぬっ」

暮れて行く庭に平吉の悲痛な叫びが轟くと、

「ちょっと待て！」

立ち上がった人影の声は、紛れもなく嘉平治だった。

「お千代さんは、この騒ぎで具合を悪くして寝込んでしまったんだよ。その代わり、おれが身代わりになるから、人質を解き放ってもらいてぇ」

蔵の扉の方に近づくと、中に声を掛けた。

「どうせお前は役人の手先だろう。そんな男をお千代の身代わりになんかするわけないじゃないかぁ。引っ込め」

「こっちでも話し合いをするから、早まるんじゃねぇよ平吉さん」

蔵の中に向かってそういうと、嘉平治は、金三郎と連れ立って母屋の方へと入り込んだ。

嘉平治が蔵の前から姿を消すとすぐ、おりんは階下へと向かった。

台所に戻ると、

「なんか見えましたか」

お篠と向かい合って茶を啜《すす》っていたおらくが、おりんを見上げた。

「蔵の外の様子は分かりましたけどね」

力なく返答したおりんは、その場に膝を揃えると、軽くため息をついた。

「うちの鮎次郎が殺されでもしたら、あたしゃなにをするかしれませんよ『高砂屋』さん」

廊下の奥の座敷から、『佃定』の女房の甲高《かんだか》い声が響いた。

「さっきから、お千代さんを蔵に行かせろ行かせないのぶつかり合いだよ」

おらくが、嫌気のさした物言いをする。

「おらくさん、うちのお父っつぁんをここに呼んでもらうわけにはいきませんかね」

「嘉平治親分をかい」

「はい」

おりんは、口を固く結んで頷く。

すると、おらくも小さく頷いて腰を上げ、廊下へと出て行った。

空いた湯呑を持って土間に下りたお篠は、流しの水桶《みずおけ》に浸《つ》けた。

「おめぇ、ここで何をしてるんだよ」

おらくと共に台所に入るなり、嘉平治が低い声でおりんを咎めた。

それに答えようと立ち上がった時、金三郎が、二十二、三くらいの若い同心を引き連れて現れた。

若い同心は、喜八が先刻、仙場辰之助と言った人物である。

「お騒がせして申し訳ありません。娘はすぐに帰しますんで」

嘉平治は金三郎に頭を下げる。

「お父っつぁん、あたしは、ここのお千代さんと背恰好が似てるらしいんだよ」

「だからなんだ」

「あたしが、お千代さんに成りすまして蔵に入ることは出来ないだろうか」

その場にいた一同は声もなくおりんに眼を凝らした。

「蔵に入ってなんとするつもりかっ」

仙場辰之助が、呆《あき》れ果てたと言わんばかりに声を荒らげた。

「平吉の手から刃物を叩き落とせば、人質は解き放てます」

おりんは、努めて控えめな物言いをした。

「なにを馬鹿なことを。これは、芝居小屋の狂言じゃないんだ」

「辰之助、まぁ、待て」

金三郎が、眼を吊り上げた辰之助を静かに抑えると、

「お前さんには、なにか手立てがありそうだね」

おりんに眼を向けた。

「お千代さんの着物を着て、ちょっと髪を結い直せば、蔵の中に入れてくれると思います」

「顔を見たら別人だとすぐに分かるじゃないか」

辰之助が吐き捨てた。

「ですから、日が暮れて、辺りがすっかり暗くなってから、頭に手拭いを載せて蔵に近づきます」

「お千代じゃないと疑われたらなんとするね」

金三郎の声は穏やかだった。

「お千代さんのことしか頭にない平吉にしたら、表でこんな小細工をしてるなんて思いも及ばないはずです。でも、念を入れて、蔵の表まで『高砂屋』の旦那さんに付き添ってもらうのも手かと思います」

「なるほど」

低く呟くと、金三郎は意見を求めでもするように、嘉平治や辰之助に視線を巡らせた。

「平吉が、急ぎ食い物を持って来いと喚いてます」

やって来た弥五平が、険しい顔で一同を見た。

「お千代の着物を着たり髪を結い直したりする間はなさそうだな」

辰之助がため息混じりに吐き捨てると、

「そしたら、差し入れる食べ物に薬を混ぜる手があります。紀伊国《きいのくに》のお医者が病人を施術《しじゅつ》する時に使うっていう薬とか」

おりんは、思い付きを口にした。

「もういい。お前は黙れ」

嘉平治から厳しい言葉が飛んだ。

その時、初老の男女四人が、バタバタと足音を立てて廊下から台所に雪崩《なだ》れ込んだ。

「お役人様、こちらの娘さんの話が耳に入りました。どうか、娘さんの申される通り、お千代さんの身代わりになっていただくか、食べ物に眠り薬を用いるかして、一刻も早くうちの倅を助け出して下さいまし」

『佃定』の主人と思しき五十絡みの男が板張りに平伏すると、同行してきた他の三人も額を擦り付けた。

「『佃定』さんも『高砂屋』さんも聞いてくれ。役人でも、目明かしでもないただの娘に、危ない真似はさせられねぇんだよ」

金三郎の言葉に、嘉平治は何も言わず、ただ謝意を示すようにそっと腰を折った。

五

『高砂屋』の台所の外は、すっかり夜の帳《とばり》が下りた。

土間に吊るされた八方と、板張りの二つの行灯の明かりの中、おらくは俎板《まないた》に載せた漬物を切り刻み、お篠は急ぎおむすびを拵《こしら》えている。

おりんは、「あんたは先にお食べ」と、おらくに勧められたおむすびを、ほぼ食べ終えたところである。

「なにごと」

おりんと年恰好の似た娘が、明るい色の着物の裾《すそ》を引きずって、廊下からするすると入って来た。

騒ぎのことなど念頭にないような様子で辺りを見回すと、おりんに眼を留めた。

「新しい女中なの」

「いえ。堀留の嘉平治親分さんの娘さんでして」

おらくはそう教えたが、

「ふうん。今日の夕餉はおむすびかしら」

と、おりんのことなど歯牙《しが》にもかけない。

「いえお嬢さん。蔵の中の平吉と鮎次郎さんに持って行く分ですよ」

おらくが返答すると、

「ええっ、騒ぎはまだ片付いてないの？」

お千代と思しき娘は、憎々し気に顔をしかめると、その場に横座りをして、

「いったい、平吉はなんのつもりかしら。ほんのちょっと遊んでやっただけなのに、うちの婿になれるとでも思い込んだのかしらねぇ」

冷ややかな笑みを浮かべた。

こんな女の身代わりになることなど、金輪際御免蒙《こうむ》る——胸の内で叫ぶと、おりんはその場を離れた。


平吉が立て籠もった『高砂屋』の蔵の前には篝火《かがりび》が焚《た》かれている。

蔵の扉の近くには、誰一人、潜んでいる者の姿はない。

先刻、台所を出たおりんは、母屋の裏を迂回《うかい》すると、蔵と隣家の塀の間の細い隙間を通り抜けて、蔵の扉が窺える山茶花の茂みに身を潜めていた。

ほどなく、立て籠もった平吉と人質の鮎次郎への食べ物が蔵に運ばれて来るはずである。

蔵の扉は固く閉ざされているが、縦が四寸（約十二センチ）、横が八寸（約二十四セ

ンチ）ほどの鉄格子の嵌《はま》った窓からは、中の明かりが微《かす》かに洩れている。

母屋の方から、下駄の音が恐る恐る近づいて来た。

おらくは、おむすびの皿と漬物を盛った小鉢を載せたお盆を持ち、その後ろから、土瓶と湯呑を持ったお篠が顔を引きつらせて続いている。

母屋の出入り口の暗がりには、金三郎と辰之助、それに嘉平治と弥五平が身を潜めて、成り行きを見定めようと蔵の方に目を凝らしていた。

「平吉さん、食べ物を持ってきたよ」

おらくの声に怯えた様子はなく、

「いわれた通り、ほら、あたしたち二人だけだよ」

と、鉄格子の窓に向かって穏やかに語り掛けた。

「扉の前に置いて、向こうへ行け」

平吉の声が甲高いのは、なにも進展しないことへの焦りかもしれない。

おらくとお篠は、持って来たものを扉の前に置くと、足早に母屋へ引き揚げて行った。

途端に、辺りが静まり返った。

聞こえるのは、庭の篝火の爆《は》ぜる音だけだ。
二、三度、呼吸を繰り返した時、扉の中から、カチリと留め金の外れる音がした。

その直後、扉が重々しい音を立てて、人ひとりの体が通るくらいに開いた。

扉の中から平吉と思える人影がするりと出て来て、お盆と土瓶を同時に持とうとしたが、それはやめて、まず、お盆を蔵の中に運び入れた。

よし——腹の中で声を上げたおりんが、袂から鉤縄を取り出して身構える。

蔵の中から、再度姿を現した平吉が腰を折って土瓶に手を伸ばした時、おりんは茂みから飛び出した。

おりんは、鉤縄の鉤を平吉の帯の下に引っかけるとそのまま庭に駆け抜けて、鉤縄を思い切り引く。

「あああ」

鉤縄に引かれてよろめいた平吉は土瓶を落とし、たたらを踏むようにして庭の地面に倒れ込んだ。

おりんはすぐに、倒れた平吉の背中に片膝を載せて動きを止めると、腰の辺りに回した両腕を細縄で巻いた。

「あとはわしらに」

真っ先に駆け付けた辰之助が、平吉の傍にしゃがみ込むと、

「縄を」

と、すぐ後に続いた弥五平に命じた。

弥五平はおりんの鉤縄を外してから、自分の縄で平吉を縛り上げる。

それを見ていたおりんの傍に、足を引きずった嘉平治が、金三郎とともに近づいて来た。

「おりんおめぇ、よくも、出しゃばった真似をしたな」

嘉平治の眼にも声にも、怒りが漲《みなぎ》っていた。

「立て籠もりの罪人とは言え、おれら目明かしだって、お役人のお許しもなく縛ることは出来ねぇんだぜ」

「あ」

初めて聞いたおりんは、声を上げそうになったが、息を詰まらせた。

「嘉平治、いいじゃないか」

金三郎がとりなしたが、

「いいえ。そういうわけには参りません」

嘉平治は首を横に振った。

「だがね、おりんさんの縄は、縛ったというより、ぐるぐると巻いただけじゃなかったか。辰之助はどう見る」

「は」

金三郎に問われた辰之助は、一瞬戸惑ったものの、

「縛ったというより、やはり、巻いたと見るべきかと」

そう口にして、傍の弥五平に眼を向けた。

「へぇ。確かに、鉤縄は巻き付いていただけだったと」

最後の言葉を濁した弥五平は、小さく頷いた。


『駕籠清』のある堀留二丁目一帯は、とっぷりと暮れている。

堀江町の『高砂屋』から引き揚げて、遅めの夕餉を摂った後、二階の自分の部屋に上がっていたおりんは、

「嘉平治さんがお呼びだよ」

不機嫌を露骨に顔に出して呼びに来たお粂に続いて、嘉平治と弥五平、それに喜八が囲んでいる囲炉裏端に下りてきた。

男三人の傍らには、煮物の入った小鉢や焙《あぶ》ったするめや目刺しの載った小皿があり、銘々が手酌で飲んでいた。

「北町の磯部様が、おりんに目明かしの手札を下さると、さっき、別れ際、口になすったよ」

「え」

思いがけないことに、ぽかんと口を開けて嘉平治を見た。

「明日の朝、おりんを連れて役宅に来るようにとも言われた」

「それで、嘉平治さんは、承知なのかい」

　間髪をいれず、お条が声を尖らせた。

「いいえ。わたしゃ、承知出来ません」

「そりゃそうだよ」

　お条は、大きく何度も頷く。

「今日のおりんは、出過ぎた真似をしたんだ。罪人を取り押さえたからゆるされるってもんじゃねぇ。捕物は遊びじゃねぇんだ」

「分かってる」

　おりんは、小さな声で言い返した。

「いいや。分かってない。蔵の前に張り付いていたお役人やおれら目明かしの誰もが承知していないことを、おめぇは勝手に仕出かしたんだぜ。思いもしないことがあると、その場は乱れてしまい、命にかかわることが起きねぇとも限らないんだ」

　嘉平治の言葉に、おりんはただ項垂《うなだ》れている。

「そういう場所に、おれは弥五平や喜八を連れ出さなきゃならないんだよ。おれはともかく、下っ引きの二人に万が一のことがあればと、捕物に連れ出すのをためらうこともあるんだ。ましてお前は――」

そこまで口にした嘉平治は、後の言葉を飲み込んだ。

そして、何も言わず、弥五平と喜八のぐい飲みに酌をした。

「この際言っておくが、お前たち二人、今後一切、おりんには捕物の話をしねぇでもらいてぇ」

嘉平治の静かな物言いに、弥五平は頷き、喜八は、

「へぇ」

と、掠れた声を出した。

「あたしは、目明かしになりたいんだ」

おりんはいきなり、思いつめたような声を張り上げた。

「許さねぇ」

「嘉平治さんよく言った」

即座に声を上げて、お条は自分の膝を思い切り叩いた。

「あたしは、お父っつぁんの敵《かたき》を取りたいんだよっ」

その声に、皆がおりんに眼を向けた。

「二年半前、お父っつぁんの足を刺した奴が憎くて仕方ないんだよ。そのせいで、以前のように駆け回ることが出来なくなったじゃないか。そんな自分の足を見て、悔しそうに唇を嚙《か》んでる顔を見たこともあるんだ。庭の藤棚んとこで、怒ったように拳《こぶし》で

太腿を叩いてるのも見たよ。さぞ、悔しいのだろうなって、声もかけられなかった。だから、あたしも捕物に携わっていれば、いつかは、お父っつぁんに刃物を向けた相手に出くわすことがあるんじゃないか。なにも、ことさら探すことはしないけど、捕物をしていれば、誰かの手蔓《てづる》やちょっとした糸口から、敵に辿《たど》り着けるんじゃないかと思うんだ。その時、あたしの手でふん縛ると決めたんだ。だから、だから、なんとしてもあたしは」

目明かしになりたいと続けたかったが、いろいろなことが頭に蘇《よみがえ》って、息が詰まってしまった。

嘉平治は、ぐい飲みに残っていた酒を一気に呷《あお》ると、

「弥五平も喜八も、帰りが面倒なら、泊まっていきな」

労わるように声を掛けて、腰を上げた。

「いえ。わたしゃ帰ります」

そういうと、弥五平は軽く頭を下げた。

「へぇ。あっしも帰らせてもらいます」

と、喜八も答える。

すると、弥五平の前に一朱（約六千二百五十円）を置き、

「酒が足りないなら、どこかに寄って行くんだな」

そう言い残して、嘉平治は自分の部屋の方へと去って行った。

「だけど、おりんが目明かしにでもなったら、死んだおまさが泣くよ。きっと、泣くね」

そういうと、お条ははぁと大袈裟にため息をついた。

それには、おりんも、下っ引きの二人もなにも答えなかった。

新内だろうか、表通りをゆっくりと三味線の音が通り過ぎて行った。


翌朝、おりんと嘉平治が堀留二丁目の『駕籠清』を出たのは、いつもならとっくに日の昇った頃おいだった。

空には分厚い鉛色の雲が貼《は》りついており、まるで日暮れ時のように薄暗かった。

それから半刻足らずで八丁堀に着いたのだが、空模様に変わりはなく、磯部金三郎の役宅の庭も、どんよりと曇っている。

おりんと嘉平治は、役宅の下男に通された縁先に並んで立ち、金三郎を待っていた。

昨夜、目明かしになりたいというおりんに異を唱えた嘉平治とは、それ以来全く口を利いていなかった。

ただ、お条を交えた朝餉を摂り終えて立ち上がった嘉平治が、

「今から、八丁堀に、付いて来るんだ」

そう口にしただけで、磯部家の庭に立つまで、二人の間にやり取りはなかった。

庭に通されてからほどなくして、

「待たせた」

奥から足早に現れた金三郎が、縁に胡坐をかいた。

「今日は非番だから、おれが堀留に出掛けてもよかったんだが」

「なにを申されます。ご足労を煩わすわけには参りません」

嘉平治は、小さく神妙に腰を折った。

「昨日話した、おりんへの手札だ」

金三郎が、一通の書付を懐から出した。そして、

「嘉平治に聞いたと思うが、おりんを目明かしにと勧めたんだが、受けてくれるかい」

「それが」

一言呟いて、おりんは、顔を伏せた。

「せっかくのお話ですが、その手札は、しばらくわたしに預からせて頂きとうございます」

嘉平治の口から意外な言葉が出た。

「小さい時分から、わたしや下っ引きたちの務めぶりを眼にして来てはおります。鉤

縄の腕前も持ち合わせてはおりますが、すぐに目明かしのお務めが出来るほど、甘くはございません。しばらくは、下っ引きとして務めさせ、十手を預かる目明かしにふさわしいかどうかを見極めてから、この手札を渡しとう存じますが」

そういうと、嘉平治は深々と腰を曲げた。

「なるほど、それでいいだろう。嘉平治に任せるよ」

笑みを浮かべた金三郎は、嘉平治に手札を突き出した。

「預からせて頂きます」

嘉平治は、金三郎の手から、両手で手札を受け取った。


磯部家を後にしたおりんと嘉平治には、依然、言葉のやり取りはなかった。

二人はただ、鎧ノ渡に向けて、黙々と歩を進めている。

南茅場町の四つ辻を右に曲がり、牧野家上屋敷に沿って一町ほど歩いて、二人は鎧ノ渡に着いた。

そこには、荷を下ろした担ぎ商いの男や笊《ざる》売りなどが腰を下ろして屯《たむろ》していた。

小網町へ向かった渡し船が戻って来るのを待っているようだ。

「少し、待つか」

そう口にした嘉平治は、船着き場の石段に腰を下ろす。

「お父っつぁん、ありがとう」

嘉平治と並んで腰を掛けたおりんが、今日初めて口を利いた。

「下っ引きになったらおめぇ、自分の体も命も、大事にしなくちゃならねぇよ」

嘉平治は、川面に眼を向けたまま、静かに語り掛けてきた。

何か気の利いたことを言おうかと思ったが、おりんは、ただ、こくんと首を折っただけである。

ミャオと、猫のような声がした。

少し下流の水辺に浮かんでいる、ウミネコだった。

その時、ふっと微かに日の光を感じたおりんは、顔を上げた。

分厚い鉛色だった雲は、いつの間にか薄れ、東の空に朧《おぼろ》な日の光が見えた。

「お。船が来るぞ」

船を待っていた人々の間から男の声がした。

おりんと嘉平治は、期せずして同時に立ち上がった。

第二話　仇討ち始末

一

『駕籠清《かごせい》』の庭に、朝日が射《さ》し込んでいた。

あと三日もすれば四月となる江戸の町は、七つ半（五時頃）近くに日の出を迎える。深川の方向から昇る朝日が、大分高くなっているから、ほどなく六つ半（七時頃）になる頃《ころ》おいだろう。

朝餉《あさげ》を摂《と》り終えたおりんは、帳場を通り抜けて土間の履物に足を通すと、

「おはよう」

庭に出るなり、二丁の四手駕籠の掃除や手入れをしている、五人の駕籠舁《か》き人足に声を掛けた。

すると、腰を屈《かが》めて作業をしていた人足頭の寅午《とらうま》が「うう」という声を発して、大

きく伸びをした。

「おう、元気がいいねぇ」

駕籠と長棒を結ぶ蔓《つる》にゆるみがないか調べていた人足の円蔵《えんぞう》が、おりんに笑顔を向け、もう一つの駕籠の手入れをしていた伊助《いすけ》は頭を下げた。

「親方は八丁堀《はっちょうぼり》に行ったようだが、付いて行かなくてよかったのかい」

金壺眼《かなつぼまなこ》の巳之吉《みのきち》が、駕籠の底に敷く座布団をはたきながら尋ねた。

「おりんちゃんは親方の下っ引きになったって、昨日、おっ母《か》さんから聞いたからさぁ」

音次《おとじ》が口にしたおっ母さんというのは、『駕籠清』の台所など、家族の世話をしてくれているお豊《とよ》のことである。

「役宅に伺うのは、目明かしだけでいいことになってるんだよ」

そう返事をして、おりんは笑みを浮かべた。

目明かしを務める父親、嘉平治《かへいじ》の下っ引きとして動くことを認められたのは、昨日のことだった。

「それじゃ、いままでみてぇに、こそこそしなくても済むわけだ」

「そうなんだよ」

おりんは、巳之吉に頷《うなず》く。

「だがよ、十手を持てる目明かしになるのは、いつなんだい」

音次が、訝《いぶか》し気に顔をしかめた。

「下っ引きになったあたしの働き次第だって、お父《と》っつぁんは言ったよ」

『しばらくは、下っ引きとして務めさせ、十手を預かる目明かしにふさわしいかどうかを見極めてから、この手札を渡しとう存じますが』

北町奉行所の同心、磯部《いそべ》金三郎《きんざぶろう》に対して思いを述べた嘉平治の言葉は、おりんの胸に鮮やかに刻み込まれていた。

「駕籠を担いで走り回るみんなが、町中で見かけた気になることなんか、何かと役に立つと思うから、これからもよろしくね」

おりんは、神妙な面持《おもも》ちで頭を下げた。

「でも、『駕籠清』の仕事に差し障りになるようなことは困るよ」

おりんの熱意に水を注《さ》すような物言いをしたのは、帳場の土間から庭に出て来たお条《くめ》だった。

「勿論《もちろん》、差し障りになるようなことは頼みませんよ」

おりんは軽く口を尖《とが》らせた。

それに頓着《とんちゃく》することなく、お条は持参した帳面を開くと、

「改めて、今日の駕籠の御用を伝えるよ」

「へい」

駕籠舁き人足たちの返事が庭に響き渡った。

「まずは、日本橋、通《とおり》二丁目、茶舗『一六堂《いちろくどう》』に五つ（八時頃）だけど」

「そこには、巳之吉と円蔵が」

答えたのは、寅午だ。

「行先が品川ってことは？」

「聞いてます」

円蔵がお粂に答える。

「五つ半（九時頃）に、紺屋町《こんやちょう》三丁目、御旗本、武村《たけむら》様のお屋敷」

「それはおれと音次です」

伊助が声を上げた。

「あと、照降町《てりふりちょう》の傘屋に四つ（十時頃）って駕籠は、あっしと久六《きゅうろく》が参りやす」

寅午がいうと、

「久六はまだ来てないのかい」

お粂がじろりと見回した。

「あいつはいつも、ぎりぎりですから」

猪首《いくび》の円蔵は、おおらかな声を出した。

「ちわぁ」

二人の男が、表通りから声を掛けながら庭に入って来た。

「番頭さん、空き駕籠はありますか」

鉢巻をした三十代半ばの男が、お条に向かって揉《も》み手をした。

「生憎《あいにく》だったねぇ。今日は、前々からの取決めが多くて、夜まで空き駕籠がないんだよ」

お条は、帳面を軽く叩《たた》いて見せ、

「どこか、他所《よそ》の駕籠屋を当たるんだね」

「へい。それじゃ」

鉢巻の男とその連れは、律儀に頭を下げると、引き揚げていく。

『駕籠清』は、路上で客を待つ駕籠屋ではなかった。

前々からの依頼や、多くのお得意様からの当日の注文に応じる商いをしていた。

従って、日によっては一、二丁の駕籠があぶれることがある。

そんな駕籠を一日借り受けて、路上で客待ちをする駕籠舁きがいるのだ。

『駕籠清』では、そんな連中に空き駕籠を貸し出していた。

貸し賃は半日で三十文（約七百五十円）、丸一日だと五十文と安価なのだが、駕籠を遊ばせておくよりはましだった。

「おはようございます」

下っ引きの弥五平《やごへい》が、庭にいた『駕籠清』の面々に会釈しながら入って来た。

「あ。今日も挨拶《あいさつ》回りだそうだね」

「へい」

弥五平は、お条に頭を下げた。

「それじゃ、弥五平さん、行こうか」

そういうと、おりんは先に立って表の通りへ出る。

「おりんさん、まずは馬喰町《ばくろちょう》から回りましょう」

そう声を掛けると、今度は弥五平が先に立ち、小伝馬町《こでんまちょう》二丁目へ通じる小路へと入って行った。

小路の突き当りの表通りは丁字路になっており、弥五平はそこで右に曲がって通旅籠町《とおりはたごちょう》の方へと足を向けた。

「あれ、何ごとですか」

人形町通《にんぎょうちょうどおり》との四つ辻《つじ》をまっすぐ突っ切ろうとした時、牢《ろう》屋敷の方からやって来た喜八《きはち》から声が掛かった。

「おりんさんが親分の下っ引きになったことをお披露目かたがた、これから挨拶回りだよ」

弥五平が喜八に言った通り、おりんは昨日から挨拶回りを始めていた。

昨日は、嘉平治が持ち場にしている町々の自身番や町役人を訪ね回ったが、今日は、その周辺の、馬喰町一帯や両国界隈《りょうごくかいわい》にまで足を延ばすことになっている。

「おれも付いて行きたいが、生憎、まだ仕事が残ってましてね」

喜八は残念そうに顔をしかめた。

「気にしないでおくれよ喜八さん。何も、役者の襲名披露じゃあるまいし、お父っつぁんの下っ引きが雁首揃《がんくびそろ》えてお練りをすることはないよ」

そういうと、おりんは笑って片手を打ち振った。

下っ引きの務めは決まった給金というものがない。

喜八は読売をはじめ、吉原細見《よしわらさいけん》やら料理屋の見立て番付、遠国から江戸見物に来た者たちに名所名刹《めいさつ》、行楽地を記した刷り物を売るのが本業であり、弥五平にしても本業を持っていた。

本所尾上町《ほんじよおのえちょう》に住む弥五平は、下っ引きの務めがない時は、一品四文（約百円）の酒や煮豆、貝やするめ焼きなどを売る四文屋を、主に両国の西広小路で商っている。

「それじゃね」

喜八に声を掛けると、おりんは弥五平と並んで浜町堀《はまちょうぼり》の方へと足を向けた。

日は大分西に傾いていた。

八つ（二時頃）の鐘を聞いてから半刻《はんとき》（約一時間）は過ぎた時分である。

弥五平の先導で、馬喰町や横山町《よこやまちょう》など、人形町通の東側一帯の目明かし、自身番への挨拶回りを終えたおりんは、両国西広小路の米沢町《よねざわちょう》の蕎麦屋《そばや》に飛び込んで、遅い昼餉を摂った。

その後、両国橋を渡って本所に戻る弥五平と蕎麦屋の表で別れた後、大川の西岸に沿って新大橋の袂《たもと》を通り過ぎ、日本橋川と交わる行徳河岸《ぎょうとくがし》から北へ向かい、堀留《ほりどめ》二丁目に戻って来たのである。

「ただいま」

『駕籠清』の東側の出入り口から、おりんは土間に足を踏み入れた。

「よっ、娘下っ引き」

板張りに両足を投げ出し、両手を突いて体を支えていた叔父の太郎兵衛《たろべえ》が、ひょいと片手を上げた。

帳場で算盤《そろばん》を弾《はじ》いていたお粂は、弾き間違えたのか、ご破算にしてしまった。

「今まで、弥五平さんと喜八さんの陰でこっそり動いていたが、これからはこそこそしなくて済むし、気が楽だねぇ」

太郎兵衛は楽し気に目尻《めじり》を下げる。

「太郎兵衛お前、おりんがこそこそ下っ引きの真似事《まねごと》をしていたのを知っていたのかい」

「なんとなくはね」

太郎兵衛の顔から笑みが消えた。

「知っていて、どうして止め立てしなかったんだよ。おりんが目明かしにでもなったら、『駕籠清』がどうなるか、そんなことに考えは及ばなかったのかい」

「おりんには立派な婿を取ればいいじゃないか」

「そりゃ、立派ならいいさ。けど、その相手に『駕籠清』を守り立てるだけの才量があるかどうかだよ。ことと次第によっちゃ、お前の両肩に『駕籠清』を背負わせるからね」

「おっ母さん待て。早まるんじゃないっ」

投げ出していた両足を素早く畳んだ太郎兵衛は、お粂の前に膝《ひざ》を揃えた。

太郎兵衛は、死んだおりんの母、おまさの五つ違いの弟である。

住まいは本所だが、たまにふらりと『駕籠清』に顔を出す。

「いいかい、おっ母さん。『駕籠清』はおろか、地道な商いというものは、お前には務まらないと、若い時分にお父っつぁんから引導を渡されたんだ。おれの性分を見抜いていたお父っつぁんは偉かったねと、今、つくづくそう思うよ。だってさぁ、姉ちゃんの婿に嘉平治さんを迎えたのが大当たりだったじゃないか」

そういうと、太郎兵衛はどうだと言わんばかりに笑い声を上げた。

「踊りや三味線、芝居なんかにうつつを抜かすことなく、お前が家業に身を入れてさえいれば、こんなことで気をもむことはなかったんだよ」

お条は忌々しげに吐き捨てた。

「叔父さん、千波《ちなみ》さんはお達者なの」

おりんは、太郎兵衛に助け舟を出す。

「うん。相変わらずさ。あいつの絵は評判がよくて、忙しくしてらぁ。ちょっと色っぽいのが受けてるようだ」

「もしかして、枕絵《まくらえ》かい」

「おっ母さん、それを言うなら、あぶな絵といってほしいね」

太郎兵衛に正されると、お条はふんと鼻で笑い、算盤を入れ始めた。

千波というのは、十五も年下の女絵師だが、太郎兵衛の女房ではない。

「親につけられた太郎兵衛って名は、どうも泥くさくていけねぇ」

かねがねそう口にしていた太郎兵衛は、十年以上も前に『並木宗園《なみきそうえん》』と号して、絵や戯作《げさく》に勤《いそ》しんでいるものの、その名は未《いま》だに世間に広まってはいない。

それに引き換え、同じ絵師の元で修業を積んだ千波の方が絵師としては売れており、太郎兵衛はその稼ぎを頼りにしていた。

「叔父さんも少しは心しないと、千波さんに愛想をつかされるってこともあるよ。一人で生きてる女は、余計な男なんかいなくても構わないもんだから」

「下っ引きになった途端、強気に出たな」

太郎兵衛は、芝居じみた顔でおりんを睨《にら》みつける。

「叔父さんは若い時分から芝居小屋に入り浸っていたんだから、絵よりも芝居の戯作を書く方が向いてるんじゃないのかな」

「よく言ったおりん。おれもそう思って、このところ、中村座《なかむらざ》や市村座《いちむらざ》に芝居の筋書きを持ち込んでるんだ。今のところ色よい返事はないが、感触は悪くない。今日も市村座を覗《のぞ》いてみたが、どうも面白くねぇのよ。まぁ、そのうち、おれが考えた話に飛びついて来るに違いないと睨んでるがね」

そういうと、自信ありげに笑みを浮かべた。

「へぇ。どの芝居を見たのよ」

「華衣 闇夜敵討《はなごろもやみよのあだうち》」

太郎兵衛が口にした名題の芝居は、おりんも先日、市村座の楽屋から入れてもらって途中から見たのだが、良く出来ていた。何をもって面白くないと言ったのか、おりんはふと、太郎兵衛の眼力に少々疑念を抱いた。

「あぁあ」

突然声を発したお粂は、

「やっぱりお前は、『駕籠清』を継ぐようには出来てなかったってことだねぇ」

ため息を吐《つ》くと同時に、大きく肩を上下させた。

「おっ母さん、それが幸いだったと思うことだよ。祖父《じい》さんも、死んだお父っつぁんだって、家付きの女の婿になった口だ。さらに、姉ちゃんの婿に嘉平治さんが来てくれた。『駕籠清』は婿取りをした方が栄えるんだから、おりん、あとは頼むぞ」

「あたしは、『駕籠清』なんか、重すぎて背負えやしないわよ」

おりんは決然と言い放つ。

「あぁあ。この世は真っ暗だ」

そう叫んだお粂は、算盤を摑んでがちゃがちゃと頭上で打ち振った。

「今帰ったよ」

庭の方から入って来た嘉平治は、

「こりゃ太郎兵衛さん」

と、笑みを浮かべた。

「留守中、お邪魔してます」

太郎兵衛は、やや畏《かしこ》まった物言いをした。

「太郎兵衛さん、他人行儀はよしましょうや」

砕けた物言いをしながら土間を上がった嘉平治は、帳場近くで膝を揃えた。

「足に痛みはなくなりましたか」

「あぁ。ただ、急に曲げたり向きを変えたりする時に、筋だか肉だかが突っ張ったようにはなるんだが、以前ほどの障りはなくなりましたよ」

「これからは、下っ引きになったおりんが手伝うようだから、義兄《にい》さんはのんびりすりゃぁいいじゃありませんか」

「そうなればいいんだがね」

嘉平治は、苦笑いを浮かべた。

「義兄さん今夜あたり、この近くで、下っ引きになったおりん共々、出世祝なんぞうです」

太郎兵衛が、盃《さかずき》を口に運ぶ仕草をする。

「なにが出世だよ」

口を尖らせて、お条は異を露《あら》わにした。

「生憎だが、今夜は日本橋の『大松屋《だいまつや》』さんに呼ばれてるんで、着替えをしたら出掛けなきゃならねぇんですよ」

嘉平治の口から出たのは、『駕籠清』を贔屓《ひいき》にしてくれている呉服屋の名である。

以前に比べたら、駕籠も駕籠舁き人足も数の減った『駕籠清』では、辻で客を待つ形では儲《もう》けは薄い。

『駕籠清』という看板を信頼してくれる客を増やすことと、昔から声を掛けてくれる御贔屓の存在が、大きな拠《よ》り所なのだ。

「おりん、今夜は太郎兵衛さんに祝ってもらうんだな」

嘉平治に勧められて、

「そうする」

おりんは、即座に頷いた。

二

三光新道《さんこうじんみち》にある居酒屋『あかね屋』の中は、明かりがともされている。

ほどなく六つ半（七時頃）という時分で、開け放された戸の外は明るみが残っているが、店内は早々に薄暗くなっていた。

女主《あるじ》のお栄《えい》が、戸口の軒行灯《のきあんどん》に火を入れた後、店内の土間や板張りの天井から下がっている八方に明かりを点《つ》けたばかりである。

七分ほど入った客で賑《にぎ》わっている店内に立ち籠《こ》める煮炊きの匂《にお》いや薪《まき》の煙が、戸口から入り込む風にふわりと乗って、板場の脇《わき》から裏手へと流れ出て行く。

日本橋に行く嘉平治を見送るとすぐ、おりんは太郎兵衛とともに、ここにやって来ていた。

板張りで向かい合ったおりんと太郎兵衛の間には、芋の煮っころがしや焼き魚、炒《い》り豆腐などの皿とともに、一合徳利《とっくり》が二本置かれている。

おりんは、祝いだという太郎兵衛の酌を受けて、盃に二杯ほどの酒を飲んだが、そのあとはもっぱら料理に箸《はし》を伸ばした。

おりんは、幼馴染《おさななじ》みのお紋《もん》と違い、煙草《たばこ》は喫《の》まないものの、酒は少々嗜《たしな》む。

『あかね屋』の客筋は、仕事帰りの出職の連中も多いが、市村座と中村座からも近く、芝居見物の帰りに立ち寄る者の姿もよく見かける。

「おりんは、ここに来ることはあるのかい」

「お酒を飲みに来ることは滅多にないけど、昼間通りかかった時なんか、仕込みをしてるようなら、お栄さんに声を掛けてる」

おりんは、手酌をしている太郎兵衛にそう返事をすると、板場から出て来たお栄が板張りの客に料理を運ぶ姿に眼《め》を遣《や》った。

太郎兵衛と同い年のお栄は、四十という年より三つも四つも若く見えるし、身のこなしもきびきびしている。

「死んだ姉ちゃんの妹分だったから、お栄さんは、おりんが生まれる前から家に出入りしてたもんなぁ」

天井を向いて思いを巡らせた太郎兵衛が、しみじみと口にした。

太郎兵衛が言った通り、お栄がかなり前から『駕籠清』に出入りしていたということは、母のおまさからは無論のこと、嘉平治やお粂からもよく聞かされていた。

三十年ばかり前、お栄とおまさは同じ茶道の宗匠のもとで知り合ったと聞いている。それ以来、お栄は五つ年上のおまさを慕って、金魚の糞のようにくっついて歩く間柄だったとも耳にしていた。

おりんより七つ上の長吉《ちようきち》が、子守をするお栄におぶわれていたことを知って、

「あたしはお栄さんにおんぶされた覚えがない」

と、四、五年前、恨みがましく詰め寄ったことがあった。すると、

「だってしようがないじゃないの。おりんちゃんが生まれた年にはもう、わたし日本橋にはいなかったんだもの」

お栄は笑って、その時分の事情を話してくれたのだ。

日本橋通旅籠町の鰻屋《うなぎや》『さわい』に生まれたお栄は、十九の時には恋仲の男のことで親といがみ合い、男を追って生家を飛び出したと聞いている。

恋仲の男と品川で所帯を持ったお栄と親の間に音信はなかったが、十年前、夫婦は

深川に居酒屋を出した。しかし、三年後、亭主を亡くしたお栄は、その翌年、今の場所に移って居酒屋『あかね屋』を開いたのである。

「焼き蛤《はまぐり》、上がったよぉ」

板場から、しわがれた声が上がった。

声の主は、お栄の生家『さわい』の料理人だった、政三《せいぞう》という六十近い無口な男だが、その腕は評判で、嘉平治や『駕籠清』の駕籠舁き人足も何人か立ち寄っているらしい。

「政三さん、あと、白和《しらあ》えを急いでおくれ」

板場に入って行ったお栄の弾んだ声が、客のいる板張りまで届いた。


居酒屋『あかね屋』の板張りから、客の数が減っている。

四半刻（約三十分）の間に、何組かの客は払いを済ませて帰って行き、残った二組の客は静かに飲み食いをしていた。

おりんと太郎兵衛も大方の料理は食べ終えたばかりである。

「やっと落ち着いたね」

空いた器を板場に運び終えたお栄が、徳利を二本運んで来て、おりんの横に膝を揃えた。

「まずは、下っ引きになったおりんちゃんに」

お栄が徳利を差し出すと、

「じゃ、一杯だけ」

おりんは自分の盃に注《つ》いでもらう。

「お栄さんには、おれが」

注ぎ終えたお栄が手にした盃に、太郎兵衛が酌をする。

「太郎兵衛さんにはわたし」

太郎兵衛の盃に注ぎ終えると、

「おりんちゃんが、無事に下っ引きを務められますように」

お栄の音頭で、三人は盃を口に運んだ。

「太郎兵衛さんは、こっちには何か、ご用でも？」

「おっ母さんに呼び出されたんだよ。おりんが下っ引きになったけど、どうしたもんかなんて、愚痴を聞かされましてね」

「どうせ、『駕籠清』の跡継ぎのことでしょ」

おりんが口を挟むと、

「そのことも言っていたが、以前、嘉平治さんが何者かに刺されたことがあるもんだから、いつもは鬼婆《おにばば》のおっ母さんも、腹の中じゃ孫娘のことを気にかけてるようだぜ」

太郎兵衛の言葉は思いがけなく、おりんは軽く息を呑んだ。

「今日の昼間立ち寄って下すった嘉平治さんも、そのことは気にしてお出《い》でだったわね」

「義兄さん、ちょくちょく立ち寄りますか」

「御用の途中とかに、時々ですがね。今日だって、おまささんの墓参りに行ったついでに、おりんちゃんを下っ引きにしたことを知らせたと言ってお出ででしたよ」

おまさの墓のある本所の寺には、祖父や曽祖父夫婦などが眠っていた。

「実はちょっと、相談したいことがあるんだけど、下っ引きになりたてのおりんちゃんに話していいものかどうか」

「捕物に関《かか》わるようなことなら、あたしがお父っつぁんに話は通すけど」

おりんの返事に、

「だったら聞いてもらうよ」

身を乗り出したお栄は、通旅籠町で旅籠を営む古い知り合いに聞かされたという、半年前の一件を話し出した。

「その旅籠は『尾張屋《おわりや》』っていうんだけど、そこに、信濃《しなの》の松代《まつしろ》から来たっていう商人が逗留《とうりゅう》したんだって」

五十そこそこと思《おぼ》しき商人は、温厚ながらも貫禄《かんろく》があり、怪しいところは微塵《みじん》もなかったらしいと、お栄は語り出した。

杢次郎《もくじろう》と名乗ったその商人は、持参している大事な物を、逗留する間だけ預かってもらいたいというので、女将《おかみ》のおすがは、『尾張屋』の蔵に仕舞ったという。

ところが、杢次郎が旅籠を出ることになった三日後、蔵に置いていたはずの預かり物が箱ごと消え失《う》せていた。

奉公人総出で蔵の中をくまなく探したが、見当たらず、杢次郎は顔を引きつらせ、わなわなと体を震わせた。

杢次郎が預けた物は、肥前鍋島《ひぜんなべしま》藩で作られた鍋島焼の茶碗《ちゃわん》だった。

大河内焼《おおかわちやき》とも言われる磁器は、将軍家に献上するために作られた藩窯で焼かれたもので、大名といえども滅多に手に入る代物ではなかった。

杢次郎は、懇意にしていた平戸《ひらど》の商人から譲り受けたその茶碗を家宝にしていたのだが、そのことが藩主、真田《さなだ》信濃守に知られることになり、買い上げたいとの申し出に応じたという。

しかし、藩主に茶碗を売るなど恐れ多いと思い、献上するつもりで、自ら藩邸に届けるための江戸入りだったのだと打ち明けた。

『尾張屋』の女将は、急ぎ「お役人に知らせを」と申し出たのだが、

「それでは真田様の面目が潰《つぶ》れます」

と、杢次郎は止めた。

松代を発《た》つ間際に知らされたことだが、真田信濃守は、杢次郎が持参する鍋島の茶碗を将軍家に献上する腹積もりでおり、そのことは既に将軍家斉《いえなり》の耳にも届いているのだという。

「そんな茶碗を紛失したとなると、わたしどもの商いも真田家も、どのような窮地に立たされるか、そのことが思いやられるのです」

そのように嘆いた末に、ふと何かを思い出したように、

「岩槻《いわつき》に行ってみます」

杢次郎は呟《つぶや》いた。

真田家の江戸屋敷に持参したものと同じ大河内窯で焼かれた茶碗を、岩槻の人形師が持っているという話を、平戸の商人から聞いたことを思い出したのだ。

同じ陶工の手になるものではないが、作風は似ているという。

「譲ってくれるかどうか行ってみなければ分からないが、背に腹は代えられぬ」

そう決意した杢次郎は、岩槻の茶碗を買い求めるのに三十五両（約三百五十万円）は入用だが、手元には十両しかないので、江戸に戻るまでの間、二十五両を拝借したいと申し出た。

預かりの品を紛失させた負い目のある『尾張屋』の女将が、方々からかき集めた二十五両を渡すと、

「真田家から問い合わせがあった時は、岩槻の人形師、望月松閑《もちづきしょうかん》さんの元に行ったと返答してもらいたい」

そう言い残して、李次郎は駕籠に乗って『尾張屋』を後にした。

「ところが、その商人は、五日経《た》っても十日経っても帰って来なかったというんだよ」

声を低めていうと、お栄はさらに、

「奉公人を急ぎ岩槻に遣ってみたら、望月松閑という人形師はいないことが分かったんだよ。その時初めて、おすがさんは騙《だま》されたと知ったっていうのが、ことの顛末《てんまつ》なんだけどね」

と、顔をしかめた。

「その手の騙《かた》りは、よく聞くがねぇ」

酔ったのか、太郎兵衛は上体を少し揺らしながら、盃に残っていた酒を呷《あお》った。

「だけど、鍵のかかる蔵に仕舞ったものがどうやって消えたんだろうね」

お栄に眼を向けられたおりんには、大方の予想はついていた。

「茶碗の箱を仕舞う時、その李次郎って人も女将さんと一緒に蔵に入ったに違いないよ。その時に、蔵の扉にどんな鍵が掛かっているのか確かめたんだと思う。弥五平さんたちから盗人《ぬすっと》の話を聞いてると、錠前を破る名人はかなりの数いるらしいよ」

盗人が入り込む手口には、屋根から入るのもいれば、床下から忍び込む者もいるが、錠前破りは、蔵に眠る骨董品《こっとうひん》や金蔵の大金を狙う連中だと聞いたことがあった。

「『尾張屋』の女将は、あの杢次郎がお縄にならない限り死んでも死にきれないって、未だに悔しがってるんだけど、おりんちゃん、なんとかならないもんかねぇ」

お栄に頼み込まれたおりんは、軽く「うん」と唸《うな》ってしまう。

下っ引きになったからといって、いきなり良策が浮かぶわけではないのだ。

「人相書きを作って、方々に配る手くらいしか——」

首を捻《ひね》った末におりんが思いついたのは、それしかなかった。

杢次郎のように、人を騙して金を得る輩《やから》は、今後も同じような手口で金品を騙り取るような気がする。うまくいった手口で味を占めると、繰り返すものだ。

「前々から思ってたんだけど、人相書きには顔付や体付を細々と字で記してあるだけで、実際の顔付きが頭に浮かばないのさ。だから、顔形を墨で描いた方がいいと思う」

おりんは、思いつきを口にした。

「それ、いいじゃないか」

「だったら、叔父さん描いておくれよ」

「いやぁ、おれの得意とする絵は景色の方だから、顔なら、あぶな絵を描く千波の方が上手《うま》い。明日にでも、千波を連れて『尾張屋』の女将さんを訪ねてみるよ」

太郎兵衛は、おりんとお栄に真顔で頷いた。

「その必要はありませんよ太郎兵衛さん。『尾張屋』の女将さんによれば、市村座の敵役の、河原崎千五郎《かわらざきせんごろう》にそっくりだそうですから」

「千五郎なら、おれも千波も素顔を知ってるよぉ」

そういうと、太郎兵衛は肩をそびやかした。

若い時分から芝居小屋に入り浸っていた太郎兵衛なら、役者の顔は見知っていて当然だろう。

おりんにしても、お紋の生家の『薩摩屋《さつまや》』に煙草を買いに来た千五郎の素顔を何度も見たことがあった。


堀留二丁目界隈の商家の多くは戸を下ろしていた。

川端の常夜灯や、旅籠や居酒屋などの軒行灯の明かりもあって、歩くのに難儀することはない。

居酒屋『あかね屋』を出たおりんは、本所藤代町《ふじしろちょう》に帰る太郎兵衛とは田所町《たどころちょう》の角で別れて、堀留二丁目に戻った。

とっくに五つ（八時頃）は過ぎており、戸の閉まった『駕籠清』に明かりはない。

小路側の出入口の戸を引くと、軽やかに開いた。

「おりんかい」

微《かす》かに明かりの届いている囲炉裏端に、居間の方からお粂の声がした。

「お父っつぁんは」

「もうすぐだろうから、戸締りはしなくていいよ」

「分かった」

三和土《たたき》を上がったおりんは、明かりの点いている居間の障子を開けた。

「茶を飲むかい」

長火鉢の傍で茶を飲んでいたお粂が、片手で手招きをする。

居間に入ったおりんは、長火鉢に背中を凭《もた》れさせて両足を伸ばすと、ふうと息を吐いた。

「それで、お栄さんの店はどんな様子だった」

お粂はそう言いながら、長火鉢の五徳に載っていた鉄瓶の湯を土瓶に注ぐ。

「忙しそうだった」

「しばらく会ってないが、変わりはなさそうかい」

「うん。太郎兵衛叔父さんと同い年とは思えないくらい若いし、さっぱりした気性も以前どおりだよ」

「さっぱりっていうか、お栄さんは思い込んだら突っ走るから」

そう言いながら、長火鉢の猫板に湯呑《ゆのみ》を置いた。

「そう言えば、今日お父っつぁんが寄って行ったらしいよ」

「へぇ。嘉平治さん、やっぱりちょこちょこ顔を出してるのかい」

「やっぱりって、何さ」

湯呑を手にしたおりんが、訝しそうにお条を見た。

「うん。別に、なにっていうアレじゃないんだけどね」

言葉とは裏腹に、意味ありげな笑みを見せたお条は、残っていた湯呑の茶を飲み干した。

「何が言いたいのよ、お祖母《ばあ》ちゃん」

おりんの言葉を待っていたかのように、

「これは、嘉平治さんには言っちゃいけないよ。いいね」

急に声をひそめたお条に、おりんはつい、黙って頷いた。

「ずっと前、おまさが病の床に就いてた時分のことだけどさ」

密《ひそ》やかなお条の声に釣られて、おりんは黙って頷いた。

「おまさはね、たびたび見舞いにやって来ていたお栄さんに、『わたしが死んだら、うちの人の後添えになって頂戴《ちょうだい》ね』って頼んでおいたって、二、三日してからわたしにそう打ち明けたんだよ」

「え」

おりんは、声にならない声を上げた。

「お栄さんはその時おまさに、冗談なんかいわないでよと笑って、はっきりとした返事はしなかったらしいんだよ。だけど、おまさは本気だったね。『おっ母さん、嘉平治さんの後添えには、お栄ちゃんをお願いよ』って、そう言ってから五日後に、おまさは息を引き取っちまった」

お粂はさらに、あれが遺言のようなものだった、とも呟いた。

「そのこと、お父っつぁんは知ってるの？」

おりんの問いかけに、お粂は即座にぶるぶると首を横に振り、

「わたしは一言も言っちゃいないよぉ。おまさが死んだあとはがっかりするやら慌ただしい毎日でさぁ、そんなこと頭の隅にもなかったんだから。でも、このところ、おまさの言葉が時々ふっと思い出されて来るんだよ。嘉平治さんが独り身になって五年も経つんだなぁと思い、お栄さんも一人で居酒屋を切り盛りしてるなと思えば、おまさの遺言を忘れていた自分が、なんだか意地悪をしてるような気になってさぁ、寝覚めが悪いんだよ」

話し終えると、大きく息を吐いた。

「だけど、お父っつぁんがお栄さんの店に行ってると知って、どうしてやっぱりって

口にしたのよ」

「ふと、お互い憎からず思ってたのかもしれないな、なんてさ」

「駄目なの？」

「そうは言わないよ。ただ、そんな思いを抱いたのが、おまさが死んだあとか生きてる時からなのかで、わたしの料簡《りょうけん》は変わるだろうね」

薄笑いを浮かべたお粂は軽く肩をそびやかし、親指を帯に差し込んできゅっと扱《しご》いた。

「つまり、おっ母さんが生きてる時分から憎からず思っていたのなら、二人を許さないということだね」

「それじゃ、お前は許せるのかい。病の床についてるっていうのに、あの二人はこっそりと思いを募らせていたなんて、それじゃおまさが哀れじゃないか」

「お父っつぁんとお栄さんが、なんだか不義を働いたような言い方をするのはやめてよね、お祖母ちゃん」

おりんの鋭い声に、お粂は不満げに口を尖らせる。お粂の発言は、時々、思い込みによって大袈裟《おおげさ》になることがあったから、たまにはきつく言っておかないと町内に広がる恐れがあった。

「それじゃお前は、嘉平治さんとお栄さんがくっついてもいいっていうのかい」

お条は、上目遣いでおりんを見た。

「くっつくならくっついたで、あのふたりなら面白そうだよ」

おりんは楽し気な笑みを浮かべたが、お条の眼には、明らかに不満の色が渦巻いていた。

三

伊勢町《いせちょう》河岸《がし》に架かる道浄橋《どうじょうばし》に近い堀留一丁目の自身番に足を踏み入れた頃、日は真上にあった。

「騙り者の人相書きを貼《は》らせてもらいます」

おりんは、詰めていた町役人や若い衆に声を掛けると、畳敷きの三畳間の板壁に墨で描かれた似顔絵を、持参の米粒で貼り付けた。

「この前、嘉平治親分から聞いた、通旅籠町の『尾張屋』から金を騙り取ったっていう男の顔だね」

「さようで」

おりんは、町役人を務める近隣の地主に頷いて返事をした。

太郎兵衛に連れられて居酒屋『あかね屋』に行った日から五日が経った四月三日の

昼である。

　本所の太郎兵衛に頼まれたという使いの者が来て、千波の手に依《よ》る〈杢次郎〉の似顔絵が届けられたのは、昨日の宵の口だった。

　おりんは今朝、朝餉を摂るとすぐ、三十枚もの人相書きを丸めて、嘉平治が受け持つ区域の主だった自身番や木戸番をはじめ、大きな料理屋、旅籠に配り回って、最後の堀留一丁目の自身番に辿《たど》り着いたのである。

「なにかありましたら宜《よろ》しくお願いします」

　町役人たちに声を掛けたおりんは、自身番を出て東に向かい、二町（約二百十八メートル）先にある『駕籠清』の庭に飛び込んだ。

「おかえり」

　藤棚《ふじだな》の下の縁台で欠伸《あくび》を嚙《か》み殺したり煙草を喫《の》んだりしている四人の駕籠舁き人足たちの中から、間延びした声が上がった。

「暇なのかい」

　おりんは、庭の隅に置いてある三丁の駕籠が眼に入っていた。

「今日は、朝から暇だねぇ」

　ぼやいたのは、『駕籠清』で一番若い音次である。

　通りに立って客を取る駕籠屋なら、庭の隅で駕籠を休ませることはないのだろうが、十丁しか持たない『駕籠清』では、料理屋や旅籠、日本橋界隈の大店《おおだな》など、以前からのお得意先から声が掛かるのを待つ方が遠方への仕事が多く、実入りも確実だった。

声が掛からないといって通りで客待ちをすれば、お得意先からの急ぎの御用に応じることが出来ずに義理を欠くことになり、痛しかゆしなのだ。

帳場を預かるお粂が駕籠屋の営みに頭を悩ますのも、分からなくはなかった。

「おりんさん、いまさっき、帳場の奥にお客さんが見えたようだよ」

四人の中では年かさの円蔵が、建物の方を顎《あご》で指した。

「分かった」

返事をしたおりんは土間に草履を脱ぐと、無人の帳場を素通りして、囲炉裏の切られた板張りを通り抜けた。

「おりん、こっちだ」

足音に気付いたものか、居間から嘉平治の声がした。

「やぁ」

嘉平治やお粂と長火鉢を囲んでいた四十絡みの男が、居間に入ったおりんに笑顔を向けた。

「あ、深川の」

おりんは男の顔を思い出した。

「今、嘉平治さんからおりんさんは十八になったと聞いて、こちらには二年もご無沙汰《ぶさ》をしていたのだと思い知ったばかりだったんだよ」

と、男は柔和な顔を綻《ほころ》ばせた。

「いやぁ宗助《そうすけ》さん、ご無沙汰はこちらもですよ」

お条が口を挟むと、

「たまに深川に足を延ばすこともあるんだが、いつも御用絡みでしてねぇ」

嘉平治は苦笑いを浮かべた。

「わたしだって同じようなもんですよ。今日、清右衛門《せいえもん》さんとおまささんの墓に参ったのも、修繕を頼まれた浅草のお寺さんに行ったついでですからね」

お条に宗助と呼ばれた男は、盛んに恐縮する。

宗助が、深川で仏像を彫るのを生業《なりわい》にしているということは、おりんも知っている。

その父親の治作《じさく》とおりんの祖父の清右衛門は芝《しば》の生まれで、昔からの顔馴染みだった。

仏師として独り立ちした治作は、材木屋の多い木場が近くにあって都合がよいというので、三十年も前に住まいと仕事場を深川に移した。

以来、『駕籠清』と治作、宗助父子との交誼《こうぎ》は続いている。

「治作さんは、相変わらずお元気かい」

お条が問いかけると、

「それがねぇお粂さん」

と、宗助ははぁとため息をついた。

「お父っつぁんが、この前からいちいの木の丸太を買うと言い出しましてね」

「仏像を彫るには木は要るだろうよ」

「それがお粂さん、大人の背丈よりも高い代物で、一本五十両（約五百万円）だっていうんですよ」

宗助の言葉に、お粂はあんぐりと口を開け、嘉平治とおりんは眼を丸くした。

木場を歩いて原木を探していた治作は、初めて足を踏み入れた材木屋でその木を見つけたらしいと、宗助はいう。

「お父っつぁんには木の善《よ》し悪《あ》しを見る目はありますが、五十両となると、わたしもすぐにうんとは言えませんよ、相手に吹っ掛けられてるということもありますからね」

そういうと、宗助は両肩を落として、ふうと息を吐き、

「それで、こっちに来たついでといってはなんですが、嘉平治さんに頼みがあって寄らせてもらったんですよ」

両手を膝に置いて頭を下げた。

「頼みといいますと？」

「わたしと一緒に、木場の材木屋に来てもらえないかと思いまして。つまり、お上の御用を預かる嘉平治さんが一緒なら、丸太の値を正直に言うのではないかと、ええ」

宗助は、嘉平治を窺《うかが》うように、おずおずと身を乗り出した。


船頭の市松《いちまつ》が漕《こ》ぐ猪牙船《ちょきぶね》は、堀留から半刻ばかりで深川の汐見橋《しおみばし》の袂に着いた。

「嘉平治さん、宗助さんのお役に立ってお上げなさいよ」

お粂に促された嘉平治は、木場の材木屋に同行することにしたのだ。

嘉平治に願い出たおりんも、同行を許された。

三人は永代橋《えいたいばし》を渡って深川に行くつもりだったのだが、万橋《よろずばし》の袂近くに船を舫《もや》う市松に声を掛けると、「鎧《よろい》ノ渡《わたし》の仕事は昼前で交代した」とのことだった。

「ただでとは言わないから、深川まで乗せて行ってくれないかな」

おりんが片手で拝むと、

「親方も一緒だから、請け合わなきゃしょうがねぇじゃねぇかよ」

悪態をつきながらも、市松は潔く船を出してくれたのである。

猪牙船を下りると、嘉平治とおりんは、先に立つ宗助に続く。

治作が眼を付けた丸太を置いているのは、島田町《しまだちょう》の『久喜屋《くきや》』という材木屋だった。

原木を切ったり、角材を運んだりしている職人たちの姿が見られる敷地に入り、宗助は『久喜屋』の主に会いたいと、一人の職人に取次ぎを頼んだ。

ほんの寸刻待っただけで、屋根付きの作業場の奥から六十に手の届きそうな羽織姿の男が出て来た。

「主の源左衛門《げんざえもん》と申しますが」

羽織の男は、三人に向かって軽く首《こうべ》を垂れ、

「いちいの原木のことだとか」

「わたしの父は治作という仏師なんですが、こちらで五十両という値のするいちいの丸太を見つけたと申しますので、この眼で確かめに参ったようなわけで」

「あぁ、仏師の治作さんのお名は存じております」

そう口にして頷いた源左衛門が、ふと嘉平治とおりんに眼を移した。

「わたしは、日本橋堀留でお上の御用を務める嘉平治というものですが、うちの死んだ父親と治作さんが古い馴染みなもんですから、今日はその、五十両の丸太ってものを拝ませてもらおうと、宗助さんに頼み込みまして」

嘉平治は遜《へりくだ》って腰を曲げると、

「これは、娘でございます」

顎でおりんを指し示した。

「それはそれは。中へどうぞ」

源左衛門は先に立ち、屋根付きの作業場へと足を向けた。

木の香の満ちた作業場には、様々な板や角材が立てかけられたり積み上げられたりしている。

「これが、いちいの丸太ですよ」

源左衛門は、作業場の片隅に建てられた一本の丸太の横に立つ。

丸太の径はおよそ二尺（約六十センチ）くらい、高さは五尺（約百五十センチ）以上はあるだろう。

「なるほど、目が詰まって、なかなか手に入るものじゃありませんね」

丸太の切り口に眼を近づけた宗助が、感心したような声を洩《も》らした。

「通りがかりにふらりと入って来られた治作さんも、これをしばらく眺めて、欲しいと呟かれました時は、お目が高いお方だと思ったものです」

源左衛門の声に、おりんと嘉平治も顔を近づける。

「しかし、五十両という値は、大きい買い物ですからね」

宗助の声に、

「ええ、分かりますよ。このくらいの丸太だと、乾燥が終わるのに二十年はかかるでしょうしね」

まるで唸るような声を発した源左衛門は、うんうんと何度も頷いてみせる。

「その、二十年というのは」

嘉平治が小首を傾《かし》げた。

すると宗助は、

「この木が乾燥し終わる二十年が経たないと、彫り出すことは出来ないということですよ」

掠《かす》れたような声で答えた。

「もし、この木が不要ということでしたらお断りいただいても構いませんが、手付《てつけ》として預かりました二両はお返し出来ません」

源左衛門がそう述べると、宗助は、一度父親と相談するからと猶予を取り付け、嘉平治とおりん共々、作業場を後にした。

「やっぱり、親父《おやじ》には諦《あきら》めてもらうことにしますよ」

『久喜屋』の敷地から通りに出たところで、宗助は足を止めた。

「親父が川越《かわごえ》から戻ったら話をしようと思いますから、その時は嘉平治さんにも立ち合ってもらいたいんですが」

「はい。その時は知らせてもらいましょう」

嘉平治の返事に頷くと、宗助は入船橋《いりふねばし》の方へと足を向けた。

しばらく声もなく歩いた三人が、三十間堀《さんじっけんぼり》に架かる汐見橋に差し掛かった時、

「まだこっちでしたね」

急ぎ足でやって来た喜八が橋の上で足を止め、両肩を大きく上下させた。

「どうした」

「北町の磯部様から『駕籠清』に使いが来まして、八つ（二時頃）過ぎに、堀留一丁目の自身番に行くということでして」

喜八は、息も切れ切れに嘉平治に告げる。

北町の磯部様というのは、北町奉行所の同心、磯部金三郎のことである。

「おれの足じゃ間に合わねえ。おりんおめぇ、喜八と一緒に先に行け」

嘉平治の声に大きく頷いたおりんは、喜八の先に立って駆け出した。


いつの間にか空には灰色の雲があった。

微かに遠雷もする。

永代寺門前を急ぎ通り過ぎ、永代橋を渡って霊岸島《れいがんじま》を北に向けて突き抜けたおりんと喜八は、およそ半刻あまりを掛けて堀留に行き着いた。

「りんです」

堀留一丁目の自身番の外から声を掛けて、おりんは喜八と共に框《かまち》から上がり、畳の三畳間に入り込んだ。

「さっき船渡しの市松に聞いたら、嘉平治も深川に行っていたようだな」

同心の仙場辰之助《せんばたつのすけ》と並んで胡坐《あぐら》をかいていた金三郎が、気安い物言いをした。

「嘉平治は足のことがありますので、わたしが先に戻りました」

おりんが軽く頭を下げると、

「深川とは知らず、八つとは、急がせてしまったなぁ」

「なんの」

おりんが手を突くと、喜八もそれに倣《なら》った。

「実は、去年の秋から今年の春にかけて、江戸市中で騙りが横行してな。旅籠や料理屋が、七軒も金品を騙し取られてるんだよ」

「もしかして、茶碗のことで？」

思わず口にしたおりんは、金三郎の方に身を乗り出した。

「茶碗とはなんだい」

「いえ」

おりんは、少しあわてて片手を横に振った。

「おれの方は、敵討《かたきう》ちの父と嫁の騙りでな」

金三郎の口から飛び出した意外な言葉に、おりんと喜八はふと顔を見合わせた。

「その一件については、辰之助から話を」

「はい」

辰之助は金三郎に軽く頭を下げると、おりんを向いて背筋を伸ばした。

敵討ちの父と嫁というのは、よれよれの装《な》りをした五十を超えたと思しき侍と、三十路《みそじ》の武家の女房風だと、辰之助は話の口火を切った。

女は夫の敵を探し求めて、義父と共に六年もの間諸国を遍歴しているという触れ込みで、旅籠の客となるらしい。

宿の者や同宿の客たちは、そんな義父と嫁に大いなる激励と同情を寄せ、逗留中、髪結いや着物の買い替えにと、十文（約二百五十円）二十文から、稀《まれ》に一分（約二万五千円）を渡して支援する者までいたという。

「四、五日過ぎた朝、支払いをすると言われた番頭が部屋に行くと、既に身支度をした義父が、近くで敵が見つかったので宿を出るという。そして、番頭が宿代の額を記した書付を差し出した途端、窓の傍《そば》にいた嫁が、『お義父上《ちちうえ》、敵が下を通ります』と叫ぶと同時に、『今は急ぐ故、本懐を遂げた後に立ち戻る』と言い置いて、嫁と義父は宿を飛び出していくのだが、二度と戻ることはないのだ」

辰之助が言い終えると、

「いずれの旅籠も、最後はそんな手口で逃げられてるんだよ」

金三郎はそう言い添えてため息をつくと、宿代や様々な立替えの額を合わせると、旅籠一軒当たり、五両から十両という金を騙り取られていると締め括《くく》った。

「あの顔はなんだ」

湯呑を口に運びかけた金三郎が、提灯《ちょうちん》の掛かった板壁に眼を留めた。

板壁には、〈杢次郎〉の似顔絵が貼ってある。

「実は」

と、おりんは、通旅籠町の旅籠『尾張屋』で起きた、茶碗の絡んだ騙りの一件を申し述べた。

「どこかで見た顔だな」

「『尾張屋』の女将の話ですと、市村座の河原崎千五郎によく似てるそうでして」

おりんが付け加えると、

「あぁ。芝居茶屋の表で何度か挨拶されたことがある」

頰《ほお》を撫《な》でながら、金三郎は思いを巡らせる。

「叔父の太郎兵衛が絵師に頼んで三十枚も描いてくれましたので、この一帯の自身番や料理屋、旅籠、質屋に貼ってもらいました」

「お。いい手配りだ」

おりんを見た金三郎は、満足そうに笑みを浮かべた。

「磯部様、外は降り出しましたよ」

自身番の外に顔を向けていた喜八が、忌々しげに呟いた。

自身番の傘を差した金三郎と辰之助の姿が、伊勢町堀に架かる道浄橋を渡って行く。

役宅のある八丁堀へと帰るのかもしれない。

おりんと喜八は相合傘で見送っていたが、金三郎たちの姿が小さくなると、

「おれはこのまま走るから」

いうが早いか、雨の中、喜八は神田の方へと駆け出して行った。

本業の読売や見立番付売りを請け負っている版元が神田須田町《すだちょう》にあると、以前、喜八から聞いた覚えがあった。

おりんが堀留二丁目の方に足を向けた時、天秤棒《てんびんぼう》の前後に引き出し付きの木箱を下げた男が小船町《こぶなちょう》の通りから姿を現した。

「降られたようだね」

声を掛けると、髪から水を滴らせていた完太《かんた》が眼の前で足を止めた。

「江戸城から築地本願寺《つきじほんがんじ》に回るつもりだったが、この雨だからさ」

苦笑いを浮かべた完太の頭上に、おりんは傘を差しかける。

おりんと同い年で幼馴染みの完太は、『駕籠清』の裏手にある『信兵衛店《しんべえだな》』に、母親と弟と三人で暮らしている下馬売りである。

下馬売りというのは、主に江戸城の下馬先で食べ物や飲み物を売る商売である。総登城ともなると、在府している大名家の列が諸方から江戸城に集まる。

そのほか、役目柄の登城もあれば、幕府への陳情、将軍家の慶事にも多くの供を従えて、大名は早朝から江戸城に向かう。

乗り物を担ぐ陸尺《ろくしゃく》、荷物持ちの小者や中間《ちゅうげん》、警固の徒歩侍《かち》などは、城内に入った大名が出てくるまで、下馬すべき城門前で待たなければならない。

半刻、一刻（約二時間）ほどならいいが、二刻も三刻ともなると、喉《のど》も渇くし腹も減る。

そんな供の者を相手に飲み物や食べ物を売るのが下馬売りである。

「このまま『信兵衛店』まで送って行ってやるよ」

おりんが傘を差しかけたまま促すと、

「いいよ。傘なんか差しかけられたら歩きにくくってしょうがねぇ」

遠慮なんかするような男ではないから、歩きにくいというのは本当のことだろう。

「それじゃな」

一声かけた完太は、担ぎ慣れた天秤棒を肩に堀留二丁目の小路へと向かって行った。

ちらりと見送ったおりんは、そこから半町（約五十四・五メートル）先の丁字路を左に折れて、

「ただいま」

と、『駕籠清』の帳場に飛び込んだ。

その途端、土間に並んだ駕籠に行く手を阻まれた。

枡形《ますがた》の土間は、二段に重ねられたのも含めて、十丁の駕籠で埋め尽くされている。

「空の具合がこんなだから、駕籠の御用はどこも取りやめになってしまったよ」

囲炉裏端の方からお粂が現れて、忌々しげに表通りを睨《にら》んだ。

「おや、嘉平治さんだよ」

外を見ていたお粂が呟くとすぐ、見知らぬ男に傘を差しかけられた嘉平治が、狭い土間に入り込んだ。

「伝三《でんぞう》さん、着替えたらすぐに参りますから、戻っていて下さい」

嘉平治がやや切迫したようにいうと、伝三と呼ばれた男は頷き、今来た道を急ぎ引き返して行く。

「お父っつぁん」

「堀江町《ほりえちょう》の自身番に詰めていた町内のお人だが、人相書きの男によく似た五十絡みの侍が、三日前から堀江町三丁目の旅籠『米津屋《よねづや》』に泊まっているという知らせを受けたそうだ」

嘉平治の声は落ち着いていたが、おりんは、体が強張《こわば》るような緊張感に包まれた。

四

堀江町の自身番は、堀江町入堀に架かる親仁橋《おやじばし》の西側、三丁目と向かい合った四丁目の角地にある。

八つから四半刻ばかりが過ぎた刻限だが、一帯は雨に煙っていて、障子を開けていても、自身番の中はまるで夕暮れ間近のように薄暗い。

畳の三畳間に置かれた火鉢に熾火《おきび》があったが、時節柄、手焙《てあぶ》りのためではない。五徳に載った鉄瓶が微かに湯音を立てている火鉢の傍に、駆け付けたばかりの嘉平治とおりんが座り、

「こちらは、三丁目の旅籠『米津屋』の番頭、庄吉《しようきち》さんです」

自身番詰めの伝三は番頭の庄吉と並び、嘉平治とおりんと向かい合っている。

三日前から逗留している侍には、武家の女房らしい三十路の女が付き従っているということだった。

「お侍の月代《さかやき》は伸び、顔も日に焼けておりまして、一緒に宿を取った三十路の武家の女房風の女ともども、口数が少のうございます」

庄吉は、嘉平治に引き合わされるとすぐ人相書きの男とその連れの女のことに触れ

た。

「宿帳には、お侍は、出雲国広瀬藩《いずものくにひろせはん》、笠森七郎右衛門《かさもりしちろうえもん》とあり、お連れは、七郎右衛門倅《せがれ》、松之助《まつのすけ》妻、小笹《こざさ》と記されております」

そう申し述べた庄吉は、宿帳を嘉平治に手渡した。

「長旅のせいか、お二人の着物は埃《ほこり》にまみれておりましたから、出雲からよくお出でなさいましたと声を掛けましたら、ほんの少し黙った後、小笹と申されるお方が、義父と共に夫の敵討ちの旅をしているのだと申されるではありませんか。しかも、その旅も既に五年が経つということでして」

庄吉はそこまで話すと、ため息をついた。

敵討ちの二人に同情を禁じえなかった庄吉は、若い女中から「帳場に貼ってある人相書きの男が、『富士の間』のお侍に似てる」といわれても信じられなかったという。

しかし、人相書きを見ると、確かに〈李次郎〉と記された似顔絵の絵に似ており、慌てて自身番に届け出たということだった。

「あたしがさっき、仙場様から聞かされた二人連れの話と似てるよ」

おりんはそういうと、辰之助から聞かされた、旅籠に投宿して金品を騙り取って行方をくらましている敵討ちの義父と嫁の一件を、かいつまんで語った。

「番頭さんが見ても、『米津屋』のお侍は、この人相書きの顔に似てるかね」

嘉平治は、壁に貼られた河原崎千五郎似の似顔絵を指さした。

「人相書きの髪型を替え、顔に無精髭《ひげ》を描き込めば、やはり似ているような」

そこまで口にして項垂《うなだ》れた庄吉は、ふと顔を上げると、

「このあと、わたしどもはいったいどうすればよろしいので」

縋《すが》るような眼差《まなざ》しを嘉平治とおりんに向けた。

「似てるというだけじゃ引っ張ることは出来ねぇし、八丁堀のお役人と相談してみてからのことになるな。それまでは相手に気取《けど》られねぇよう、そっとしておいてくれ」

嘉平治が指示を出すと、

「そっと、といいましても」

庄吉は、自信無げに首を傾げた。

「お父っつぁん、女中に成りすまして、あたしが『米津屋』さんに入り込む手はないだろうか」

おりんは、恐る恐る嘉平治にお伺いを立てた。

「ん」

嘉平治は小さく唸ると、胸の前で腕を組んだ。

昼過ぎに降り出した雨は、七つ半（五時頃）になる少し前には上がっていた。

雲が切れることはなく、堀江町入堀の両岸一帯は、いつになく早い夕暮れが訪れたような様相を呈している。

堀江町三丁目にある旅籠『米津屋』は、四丁目の自身番とは道を挟んで向かい合っていた。

客に出す夕餉の支度で先刻まで慌ただしかった『米津屋』の台所も、今は静まり返っている。

「見習いに来てすぐのお膳《ぜん》運びは大変だったろう。しばらくはここで茶でも飲んでひと休みおしよ」

三十半ば過ぎの女中頭に促されて台所にやって来たおりんは、他の二人の女中と共に板張りに座った。

土間の框に腰掛けて茶を飲んでいた三人の台所女中の一人が、休みに来たおりんたちのために、土瓶の茶を湯呑に注ぎ分けてくれた。

「今日からかい」

年かさの台所女中に尋ねられて、

「りんといいます。今日からよろしくお願いします」

おりんは、笑顔で頭を下げた。

おりんが女中に成りすまして『米津屋』に入り込むことを、ほんの少し考えた末、嘉平治は頷いたのだ。

「こちらは堀留の嘉平治親分の下っ引きのおりんさんです」

『米津屋』のお内儀に引き合わせた庄吉は、『富士の間』の二人連れの様子を見るための御用だと打ち明けて、了解を得ていた。

「夏になって陽気はよくなるから、旅の人は増えるけど、今はまだましさ。これが、端午《たんご》の節句やら大川の川開きとなったら、息をする間もないからね」

女中頭がそういうと、

「そうそう。八日の花祭りも、混むところは混むらしいが、この近所には大勢の人の集まるような寺はないからねぇ」

年かさの台所女中が応じた。

「番頭さん、なにか」

女中頭の声に、板張りの一同が廊下に眼を向けた。

「夕餉のあと、今後のことをお伺いに行く部屋に、お膳を下げがてら、おりんに付いて来てもらおうと思うんだがね」

廊下から顔を突き入れた庄吉が口を開くと、女中頭は「どうぞ」と快諾した。

「それじゃおりん、そういうことだから」

「承知しました」

おりんが頭を下げると、庄吉は帳場の方へと立ち去って行く。

女中に成りすまして『米津屋』に入ると決まった時、今日のうちに義父と嫁の顔を見てみたいとおりんが申し入れていたことを忘れていなかった庄吉が、便宜を計ってくれたようだ。

「今後のことっていうのは、『富士の間』の二人連れのことだね」

女中頭が口にした。

「なんだか妙な泊まり客らしいね」

年かさの台所女中が、好奇心を露わに身を乗り出した。

「なんでも、人探しの長旅をしてるらしくて、朝起きたら真っ先に、持ち歩いてるお位牌《いはい》にお経をあげてるよ。朝餉を摂ったらすぐに出かけて、帰りはいつも夕方さ」

「何者だね」

年かさの台所女中がさらに声をひそめた。

「お侍の連れの奥方は、倅の嫁らしい。その嫁はうちの風呂《ふろ》を使うのに、お侍は、狭い所は嫌だと言って、六軒町《ろっけんちょう》の湯屋に行ってるよ」

女中頭と台所女中のやりとりを耳にしていたおりんは、残りの茶を静かに飲み干した。

『米津屋』の泊まり客が夕餉を摂り終えるのは、膳を部屋に運んでから半刻ほどが経つ六つ（六時頃）時分だという。

部屋の用を受け持つ女中たちが台所から出て行くと、おりんは庄吉に付き従って二階へと上がった。

「笠森様、番頭でございます」

廊下に膝を突いた庄吉が、『富士の間』の閉められた障子に向かって声を掛けた。

衣擦《きぬず》れの音がしてすぐ、中から障子が開けられると、着古した着物を纏《まと》った三十路を二つ三つ超えたくらいの女が膝を揃えている。恐らく、小笹と名乗った女房だろう。

「わたしどもに逗留いただいてから三日が経ちますので、この後のお泊まりについてお伺いしたいのですが」

丁寧な物言いをして手を突いた庄吉のうしろで、おりんも倣って手を突く。

「お入りなされ」

部屋の障子窓近くに膝を揃えていた、笠森七郎右衛門と思しき着流しの老侍が、低い声を出した。

「では」

腰を上げた庄吉は、部屋の中に入りながら、

「膳はすぐに片づけさせますので」

その声を合図に、庄吉に続いて部屋に入ったおりんは、ふたつの膳に載った器や徳利、畳に置かれた土瓶や湯呑などをぎこちない手つきで重ね始める。

「それで、この後、何時《いつ》ごろまでご逗留なさるのかお聞きしたいのですが」

庄吉は、七郎右衛門と、その脇に控えた小笹に問いかけた。

「初手に申した通り、我らは倅の敵討ちの途上でござる故、何時までとはなかなか――」

七郎右衛門は、困惑したように唸ると天を仰ぐ。

「でしたら、明日の朝には、溜《た》まっております三日分の宿代と立て替えました古着の代金などを頂きとうございます。長の逗留をなさる皆さまには、わたしどもでは三日ごとの精算をお願いしておりますもので」

庄吉は、畳に両手を突いた。

「小笹、届書をこれに」

「はい」

返事をした小笹は振り分けの荷物や道中笠《どうちゅうがさ》が置いてある床の間に立ち、二通の書付を手にすると、七郎右衛門に手渡した。

「これは、国元に於《お》いて頂戴した仇討《あだう》ち免許状と、江戸町奉行所への届書でござる。お聞き下され」

一通を開いた七郎右衛門が、

「奉願上候事。一、私儀、出雲国広瀬藩士岐《と》家《き》徒組《かち》、笠森松之助妻小笹申者」

書付を読み進めた時、

「わたし共に分かるように、お話しいただけると助かるのですが」

庄吉は、情けない顔をして頭に手を遣った。

「では、平易に申し述べることにしよう」

「ありがとう存じます。こういうことは滅多にないことですから、女中奉公のこの者にも後々のためにも、是非拝聴させたいのですが」

庄吉がお伺いを立てると、七郎右衛門は承知したと口にして、大きく頷いた。

「つまりだな、広瀬藩士岐家の徒組の笠森松之助の妻小笹は、夫松之助が徒組頭の山《やま》崎三太夫《ざきさんだゆう》との口論の末、斬《き》り殺された一件について、義父、笠森七郎右衛門の助力を得て、敵討ちを願い出ますという書付なのだ。これによって、われらの敵討ちは、天下公認の仕儀と認められたも同然と相成った」

七郎右衛門の言葉に、脇にいた小笹は大きく相槌《あいづち》を打った。

小笹の夫を斬り殺した山崎三太夫は、国元から姿を消したために、小笹とともに諸国を経巡《へめぐ》る旅の途上にあるのだと、七郎右衛門は言い添えた。

そしてさらに、その届書と免許状は二人の関所手形代わりとなり、諸国の関所を難なく通ることが出来たと、七郎右衛門と小笹は、二通の書付に恭《うやうや》しく頭を下げた。

「それで、江戸に参られたのは、なにか当てでもございましたか」

「あった。な」

庄吉の問いかけに即座に答えた七郎右衛門は、脇の小笹に顔を向ける。

「甲州から八王子《はちおうじ》に着いた七日前、広瀬藩江戸屋敷にお知らせ申しましたところ、江戸藩邸の家臣の一人が、江戸で山崎三太夫を見かけたとのお知らせが届き、三日前にこちらの宿に草鞋《わらじ》を脱いだのでございます」

「江戸藩邸の家臣というのは、以前国元の徒組にいた者で、三年前に江戸勤番となった、倅とも因縁のある男でござった。江戸に着いた日に藩邸に伺うと、山崎を見かけたのは、この近くの京橋《きょうばし》というではないか。それでわれらは連日外歩きを」

七郎右衛門は、小笹の話に付け加えると、

「敵はこの近くにいるのじゃよ。もうしばらくの猶予を願いたい。本懐を遂げれば、土岐家から五十両の報奨金を頂けることになっておりますので、宿の掛りはすべてそこからお払いしようと存ずる」

七郎右衛門が両手を突くと、すぐに小笹もそれに倣った。

「承知いたしました。本来、払いは三日切りでございますが、此度《こたび》は、本懐をお遂げになるのをお待ちしましょう」

庄吉は、大きく頷いた。

五

翌朝の堀江町入堀一帯は晴れ渡っている。

正面が東を向いている旅籠『米津屋』は、半刻ほど前に昇った朝日が照り付けていた。

夜明け前に早立ちをした旅商人などが三組いたが、あとの四組の客には六つ過ぎに朝餉の箱膳が運ばれたばかりである。

『富士の間』に朝餉の膳を運んだおりんは、七郎右衛門と小笹に飯を盛ったり茶を淹《い》れたりした後も、介添えとして居残っていた。

堀江町入堀に面した障子窓は開けられていて、陽光が容赦なく部屋に射し込んでいる。染みの滲《にじ》んだ若竹色の着物に、色の褪《あ》せた紺の袴《はかま》を穿《は》いた七郎右衛門と、着古した沙綾《さや》形《がた》の絵柄の着物に鼠《ねずみ》色の帯を締めていた小笹は、口数も少なく箸を動かしている。

「そうだ。番頭さんにはここに来てもらうことになっているのだが」

「はい。朝餉を摂り終わる時分に伺うと言っておいででした」

おりんが返答すると、七郎右衛門は箸を置き、両手を合わせて首を垂れる。すると、

「ごちそう様でした」

小笹も箸を置いた。

「これから、お出かけですか」

おりんは土瓶を手にして、二人の箱膳に載っている湯呑に茶を注ぎ足す。

「そろそろ、敵と出会えるような気がするのでな」

表情一つ崩さず湯呑に手を伸ばした七郎右衛門の顔は、やはり、市村座の役者、千五郎によく似ている。

「番頭でございます」

廊下から声がして、障子を開けた庄吉が部屋の中に膝を進めた。

「なにかご用でしょうか」

七郎右衛門と向かい合うと、庄吉は丁寧に尋ねた。

「出掛ける前に、三両ばかり融通してもらえぬだろうか」

「しかし」

庄吉は、七郎右衛門の申し出に渋い反応を示す。

「今も、この女中に言ったことだが、なにやらこの一両日の間に敵と出会えるような思いに駆られて仕方ないのだ。そこで、敵とまみえるのに、薄汚れた着物のままでは気が引けて仕方がない」

七郎右衛門の言葉に、小笹は無言で頷いた。

「羽織にしても新しいものにしたいし、小笹としては髪も結い直したいはずであろうし、某《それがし》は、刀を研ぎに出しておきたいのだ」

「昨日の話の通り、宿の払いは本懐を遂げるまでお待ちすると申しましたが、三日ごとの払いのないお客様には、金子《きんす》を融通することは出来ないことになっておりまして」

困惑して小首を傾げた庄吉は、膝の上で盛んに両手を揉み続ける。

「仕方ない。小笹、出掛けるぞ」

立ち上がった七郎右衛門は、床の間に置かれていた短刀と綻びの見える女笠を小笹に手渡し、己は刀と菅笠《すげがさ》を摑《つか》むと障子を開ける。

「番頭さん、昨日見せてもらったお届書と仇討ち免許状はお預かりした方がいいのじゃありませんか」

おりんの声に、七郎右衛門と小笹の足が止まった。

「おぉおぉ、よく気付いた。もし、その書付をお持ちでしたら、わたしどもにお預けくださいまし。出歩いている途中落としたり、掏《す》りに遭ったりすると、後々お困りだと存じますので」

庄吉の申し出に、七郎右衛門は、一瞬ためらいを見せた。

だがすぐに小さく頷くと、懐から書付を包んだと思われる油紙を取り出して庄吉に手渡した。

「たしかに」

庄吉が声を出すやいなや、廊下に出た七郎右衛門と小笹は、階下へ大股《おおまた》で向かった。

二段重ねにした箱膳を持ったおりんは、庄吉のあとに続いて階段を下りる。

「『富士の間』の笠森様、お出かけだよ」

帳場近くで階段を見上げて声を張り上げたのは、見習い番頭の豊松《とよまつ》である。

階段を下り切った七郎右衛門と小笹は、下足番が土間に並べた履物に足を通すと、無言のまま表へと出て行った。

「行ってらっしゃいませ」

『米津屋』の跡取り息子の豊松がやけに明るい声で見送ると、庄吉は、手にした油紙をおりんに見せて、小さく頷いた。

『今後の二人の動きを縛るために、関所手形とか敵討ちの届書のようなものがあれば、宿で預かることだね』

『米津屋』に潜り込む前に嘉平治に指示されたことを、おりんと庄吉はしてのけたのだった。

箱膳を抱えて階段下から台所に向かおうとした時、『米津屋』の表を横切る喜八の姿が、おりんの眼に留まった。

諸方から集まる船から荷を下ろしたり積んだりする堀江町入堀の河岸は、朝の暗いうちから活気があるのだが、日が真上に昇った時分には、嘘《うそ》のように長閑《のどか》になる。

庄吉の許しを得て台所を出たおりんは、下駄の音をさせて『米津屋』の表に回ると、通りの向かい側にある自身番に駆け付けた。

「りんです」

敷かれた玉砂利を踏んで框から上がると、畳の三畳間には、嘉平治と下っ引きの弥五平が、同心の仙場辰之助と膝を突き合わせていた。

「『富士の間』の侍が宿の風呂に入らねぇって話、あれは役に立ったぜ」

おりんが膝を揃えるや否や、嘉平治は口を開いた。

「今、仙場様に話したばかりだが、昨夜、湯屋に行った侍を付けた喜八が、そいつの背中に、黒雲と龍の彫り物があるのを見たそうだ」

なるほど——嘉平治の話に大きく頷いたおりんだが、声は呑《の》み込んだ。

「侍というのは偽りだな。二人が宿に戻るのを待って取り押さえるか」

「いえ仙場様、彫り物だけではひっ括れません。家を継げない武家の二男三男が、放《ほう》蕩三昧《とうざんまい》をしていた若い時分、粋がって彫り物をしたものの、巡り巡って家督を継ぐことになったという話を聞いたことがございます」

遜《へりくだ》った物言いをした嘉平治は、さらに、

「相手が、言い逃れ出来ない証《あかし》を手にしなきゃなりません。いま、磯部様が奔走しておいでなのは、そのことかと思いますが」

と、付け加えた。

ジャリと、外の玉砂利を踏む音がして、「喜八です」と声が届き、

「申し訳ありません。二人を見失ってしまいました」

上がり框に膝を揃えた喜八が、ガクリと首《こうべ》を垂れた。

「どこまで付けたのだ」

辰之助は問い詰めるような物言いをした。

喜八は、『米津屋』を出た七郎右衛門と小笹を付けて、神田、浅草御門、両国橋を渡って本所へ行き、大川橋から浅草まで歩いたという。

その浅草で、二人は大きな構えの古着屋に入った。

喜八は外で待ったのだが、四半刻が経っても出て来ず、確かめようと古着屋の中に入ると、二人の姿はなかった。

店の者に尋ねると、小笹と思しき女が、

「悪い者に追われている」

というので、裏口から逃がしたと打ち明けられたというのが、ことの顚末だった。

「駕籠抜けの手口ですね」

弥五平がぽつりと口にすると、

「籠を使った見世物のことか」

辰之助が聞き咎《とが》めた。

「いえ、駕籠屋をしておりますと、乗り逃げをされることがございまして」

嘉平治が、苦笑いを浮かべた。

駕籠の客が乗り逃げをすることを、おりんは『駕籠清』の駕籠舁き人足から聞かされたことがある。

名のある大店の表に立つ身形《みなり》のいい客を迎えに行くと、上野や浅草、中には吉原へと、かなり遠くまで頼まれる。

二朱（約二万二千五百円）は稼げると喜んでいると、半里（約二キロメートル）も行かないところにある、大きな呉服屋とか蠟燭屋《ろうそくや》などの前で止められ、「用事があるから待ってて」といわれて待たされる。

いつまでも出てこないから中に入って尋ねると、駕籠の客は裏口から出たという答えが返ってくるのだ。

「親分、あの二人、逃げ慣れてますね」

弥五平の声に、顔を引き締めた嘉平治は小さく頷いた。

六つの鐘が鳴って四半刻が経った頃である。

『米津屋』の表に出たおりんは、女将と庄吉、豊松、それに女中頭に混じって、泊まり客を送り出している。

「お気をつけて」

「またのお越しを」

女将や女中頭たちを真似て、おりんも声を張り上げた。

「残っているのは『富士の間』のお二人ですね」

女中頭の声に、

「宿の払いを済ませたら発《た》つということだよ」

庄吉が答える。

昨夜、『富士の間』に呼ばれた庄吉は、七郎右衛門から「明日の朝、宿を発つ」といわれていた。

「昨日、鎧ノ渡の近辺で敵によく似た男を見かけたゆえ、宿を出て、その辺りで待てば必ずや遭遇する」

そういうと、七郎右衛門は明朝、宿の払いを済ませるとも口にしたのだ。

そのことを、おりんは昨夜のうちに嘉平治に伝えていた。

「おりん、『富士の間』に行くよ」

声を掛けられたおりんは、はいと返事をして庄吉の後に続いた。

「番頭でございます」

おりんの眼の前に膝を揃えた庄吉が、『富士の間』の中に声を掛けた。

「入るがよい」

七郎右衛門の声に、庄吉は障子を開き、部屋に入る。

その後ろに続いたおりんは、膝を揃えた庄吉の脇に控えた。

立ち上がっていた七郎右衛門は袴の紐《ひも》を締めていて、手甲脚絆《てっこうきゃはん》をつけてすっかり旅装になっている小笹は、短刀を懐に挿し、少し開けた障子窓の隙間《すきま》から眼下を窺《うかが》っている。

「これが、宿代や立替分の額、三両と二分（約三十五万円）でございます」

庄吉が七郎右衛門の足元に請求額を記した書付を置くと、

「義父上、敵の山崎三太夫が通って行きます！」

突然、通りを見ていた小笹が叫んだ。

「なにっ」

唸るような声を発した七郎右衛門は、障子の隙間から覗き見ると、

「小笹、参るぞ」

「はい」

小笹は七郎右衛門に返事をすると、急ぎ襷《たすき》を掛け、鉢巻までした。

「宿の払いを！」

庄吉の声に、

「それどころではない！」

七郎右衛門は怒鳴りつけると勢いよく障子を開け、小笹ともども廊下に飛び出して行く。

「お待ちを！」

慌てて追いかけた庄吉の後ろに、おりんは続く。

「履物を出せっ」

階段を駆け下りながら叫んだ七郎右衛門が土間近くに仁王立ちすると、その横に小笹が立った。

「昨日預けた書付二通を返してもらいたい」

「それは、本懐を遂げられ、宿の払いが済むまでこちらでお預かりします」

庄吉の返事に顔をしかめた七郎右衛門は、土間に置かれた草履に足を通し、小笹も草履を履いた。

「では」

声を掛けて表に向かった七郎右衛門と小笹の行く手から、朝日を背にした何人もの人影が土間に押し入ってきた。

七郎右衛門と小笹は無論のこと、階段を駆け下りたおりんと庄吉、それに土間近くにいた下足番や女中頭は凍り付いたように固まった。

「よぉ、笠森さんがた、これからどこへ行くんだい」

人影の先頭に立っていた侍の伝法な物言いに聞き覚えがあった。

外から押し入った人影の先頭には磯部金三郎と嘉平治が並び、そのうしろには七郎右衛門を睨みつけている四人の男女がいた。

顔は見えないが、七郎右衛門は恐らく身を固くして金三郎を見ているに違いない。

羽織の裾《すそ》を腰の上まで捲《まく》り上げている金三郎の装りを見れば、それが八丁堀の同心ということは、大方の者には分かる。

「おれが連れてきたこの人たちは、去年から今年にかけて、敵討ちをすると言っては宿代なんぞを騙り取って行方をくらませた、笠森七郎右衛門と小笹って女に恨みを持つ旅籠の主たちだよ」

金三郎の口上に、七郎右衛門と小笹の体が微かに動いた。

「この人は、北品川の旅籠『佐野屋《さのや》』さん、隣りは四谷塩町《よつやしおちょう》の旅籠『井本屋《いもとや》』さん」

嘉平治がそこまで口にした時、

「わたしは、浅草三好町《みよしちょう》の『鹿野屋《かのや》』だよっ」

六十ほどの男が横合いから割り込んで、七郎右衛門に摑みかかろうとした。

「ままま」

金三郎が、摑みかかろうとした男を手で抑えた。そして、

「お前さん方、この男と女に見覚えがあるんだな」

と問いかけると、

「宿代を踏み倒して逃げた二人です」

男二人と女一人が口を揃えた。

「違う！」

異議を口にして前に出たのは、四十を超したくらいの女である。

「この男は、松代の商人、李次郎だ！」

框近くに詰め寄った四十女が、七郎右衛門に向かって人差し指を突きつけた。

李次郎と名指ししたのは、お栄の知り合いの旅籠の女将だと思われる。

「こうなりゃしょうがねぇ。おくま、斬り抜けるぜ」

七郎右衛門が腰の刀を引き抜くと、小笹も懐剣を抜き放ち、二人は刃物を振り回しながら表へと走り出た。

嘉平治と金三郎に続いておりんも表へ飛び出ると、待ち構えていた辰之助と弥五平に気付いた七郎右衛門と小笹が、立ちすくんだ。

「ちきしょう。破れかぶれだ」

七郎右衛門は低く凄《すご》むと、得物を持たないおりんに眼を付けて躍りかかった。

咄嗟に身を翻すと、たたらを踏んだ七郎右衛門の腰に、金三郎が刀の峰を叩き入れた。

「うっ」

息を詰まらせたように声を出した七郎右衛門は、その場に顔から倒れ込んだ。

「おとなしくしな」

嘉平治は、向かって来た小笹の手に十手を叩き込んで、懐剣を地面に落とした。

「嘉平治、二人をふん縛れ」

金三郎から指示が飛ぶと、

「弥五平は女を」

そう命じた嘉平治は、倒れた七郎右衛門の手を後ろに回して縛り、弥五平は地面に座り込んだ小笹の体に縄を掛ける。

おりんは、縄を掛ける嘉平治と弥五平の手際に、ただただ見入っていた。

八つを過ぎた『駕籠清』に、駕籠舁き人足の姿はない。

空いた駕籠も出払っており、庭も土間もがらんとしている。

土間の框に腰掛けたおりんは、旅籠『米津屋』で起きた捕物の顚末を、帳場に着いているお粂に知らせていた。

敵討ちに成りすまして、宿代と、様々な前借りの額を踏み倒そうとして捕まった七郎右衛門と小笹は、自身番での取り調べが終わった後、磯部金三郎と仙場辰之助に導かれて、小伝馬町の牢屋敷へと向かった。それに付き従って行く嘉平治と弥五平を見送った後、おりんは『駕籠清』に戻ってきたのである。

「で、その敵討ちの侍と女は、何者だったんだい」

「敵討ちの届書に記されていた笠森七郎右衛門を名乗っていたとっつぁんは、若い時分、関東一帯で名を馳《は》せていた『雲見《くもみ》の仁助《じんすけ》』っていう盗人だったよ」

おりんは、問いかけたお粂に答えた。

盗人の『雲見の仁助』は、かつて、二十人もの子分を抱えていたが、寄る年波には勝てず、体も動かなくなるとともに睨みも利かなくなり、子分たちは離れて行ったようだ。

この四、五年は、仁助が単独で動くか、小笹こと情婦のおくまと組んで、敵討ちの騙りを働いていたことが判明したのだ。

「おや、お帰りだ」

お条の声に、おりんは表に眼を向けた。

一人歩いて来た嘉平治が、土間に足を踏み入れた。

「ご苦労だったね」

「なんの」

嘉平治はお条に返答すると、草履を脱いで板張りに上がり、

「よいしょ」

と、声を出して胡坐をかいた。

「おっ義母《か》さん、旅籠に泊まり込んだりして、此度のおりんはいい働きをしましたよ」

「へぇ、そうかい」

お条は、関心などないとでもいうように、帳簿をぱらぱらと捲《めく》る。

「わたしのところに、『米津屋』の女将が礼に来た時、おりんを後継ぎの倅の嫁にどうかなどと耳打ちされたくらいですから」

嘉平治がそういうと、

「旅籠の倅なら、駕籠屋の商いだって出来るんじゃないのかねっ」

背筋を伸ばして、お条が鋭い声を発した。

「おっ義母さん、『米津屋』の倅は一人息子ですから、後継ぎなんですよ」

「構うもんか。おりんお前、『米津屋』の若旦那《わかだんな》と手をお打ち」

声を荒らげたお粂が、すっくと立ちあがった。

「せっかくですが、あたしは、やなこってす」

おりんの脳裏に、のっぺりとした白瓜《しろうり》のような顔に、やけに赤い唇をした豊松の顔が浮かんだ。

「ただいま帰《け》えりました」

担いできた駕籠を庭に置いた円蔵と巳之吉が、揃って土間に入り込んだ。

「おかえり」

おりんとお粂が声を掛けると、

「『河内屋《かわちや》』の旦那を、室町二丁目から白金村《しろかねむら》の織田《おだ》様のお屋敷まで送り迎えして、二朱の駕籠賃の他に一朱を下すったんで、合わせて三朱」

円蔵が立ち上がったお粂の足元に一朱銀を三つ置いた。

「そうだ。いま、庭の入り口んとこに、『米津屋』の豊松ってお人が、おりんさんを訪ねて来ておいでだよ」

「なんだって」

おりんは、豊松の来訪を口にした巳之吉に眼を剝《む》くと、急ぎ草履を脱いで板張りへと飛び上がった。

囲炉裏近くの三和土に放り投げた草履に足を通したおりんは、細く開けた腰高障子から小路の左右に眼を走らせた。

豊松が『駕籠清』の庭の外にいるならば、東側の小路は死角のはずだった。

豊松の姿が見えないことを確かめたおりんは、そっと小路に出ると、急ぎ瓢箪新道《ひょうたんじんみち》へと向かった。

幼馴染みのお紋の家である煙草屋『薩摩屋』の前を通り過ぎたおりんは、当てもなく大丸新道《だいまるしんみち》に歩を進めた。

「あら、おりんちゃん」

声を掛けたのは、稲荷社から出て来たお栄だった。

「どこへ行くのよ」

「当てはないんだけど」

おりんは笑って誤魔化した。

「あ、そうそう。さっき通旅籠町の『尾張屋』の女将がうちに来て、例の茶碗で騙りを働いた杢次郎を嘉平治さんとおりんちゃんが捕まえてくれたって、大喜びしてたよ」

「おすがさんね」

「うん。騙し取られたお金は戻らないけど、胸のつかえを取って貰《もら》ったお礼を言っておいてって頼まれたわ」

「お父っつぁんにもそう伝えておく」

「わたし、杉森稲荷《すぎのもり》にも寄って行くから、ここで」

「あ」

おりんが思わず声を出すと、

「なに」

人形町通の方へ向かっていたお栄は足を止めた。

おりんは少し迷い、

「ううん。なんでもない」

と、片手を打ち振った。

お栄は小さく頷くと、人形町通の四つ辻を左に曲がって行った。

病床にあった母のおまさが、嘉平治の後添えにとお栄に言い残したことは本当なのかどうか聞いてみようと思ったのだが、すんでのところでやめた。口にしてしまうと、いままでの付き合い方に波風が立つような気がした。

あたしの知ったこっちゃない――腹の中で叫ぶと、両国橋の方へと足を向けた。

第三話　恋の川

一

八丁堀《はっちょうぼり》というのは、京橋川《きょうばしがわ》に架かる白魚橋《しらうおばし》から下流の、日本橋川と合流する間の堀のことである。

その堀の北側に位置する町々には、町奉行所の与力《よりき》や同心の住居が多くあるところから、江戸の町人は町廻《まちまわ》りの同心のことを〈八丁堀の旦那〉と言い習わしていた。

北町奉行所の同心、磯部金三郎《いそべきんざぶろう》の役宅は、茅場町《かやばちょう》天神社《てんじんしゃ》に近い亀島町《かめじまちょう》にあった。

磯部家の下男に案内されたおりんと嘉平治《かへいじ》は、庭に面した縁の近くに控えたばかりである。

目明かしが、手札をもらっている同心の屋敷を毎朝訪ねて指示を仰ぐのは、前々からの慣習だと、おりんは嘉平治から聞いていた。

何の指示もなく、世間話をしただけで屋敷を去ることの方が多いということも知っている。

この朝、嘉平治に従って金三郎の屋敷を訪れるのは、おりんが下っ引きになってから初めてのことである。

庭に案内されてからほどなくして、朝日の射《さ》す縁に、金三郎が大股《おおまた》で現れた。

「待たせたな」

「なんの」

嘉平治が頭を下げると、おりんはそれに倣った。

「今日はいささか頼みたいことがあるんだよ」

縁に胡坐《あぐら》をかくとすぐ、金三郎は少し改まった。

「お奉行様からのお達しで、目明かしを手先に持つ同心に沙汰《さた》があってな、盗品探索の為《ため》に八品商回りを申し付けられたのよ」

髭《ひげ》を剃《そ》ったばかりらしい頬《ほお》を、金三郎はつるりと片手で撫《な》でた。

八品商とは、質屋、古着屋、古着買、小道具屋、古鉄屋、古鉄買、古道具屋、唐物《からもの》屋《や》のことで、盗品が持ち込まれがちな商売だった。

「こたび探すよう命じられた、主だった盗品の数々だ」

そういうと、金三郎は二つに折った一枚の書付を嘉平治に差し出した。

「ちょうだいします」

受け取った嘉平治は、おりんにも見えるように書付を開く。

書面には、刀剣の銘らしいものが二つ、それに、織部焼《おりべやき》とか志野焼《しのやき》の茶碗《ちゃわん》や皿、仏像二体、漆の煙草盆《たばこぼん》や銀煙管《ぎんぎせる》など、十を超す品々についての特徴が記されていた。

「これらは、いつごろ盗み取られたものでございますか」

「一年前から、去年の十月あたりまでのもんらしい」

金三郎は、嘉平治の問いにそう返事をした。

「そんな以前に盗まれた物を、今頃《いまごろ》になって探すのは遅すぎるような気がしますが」

おりんが控え目に口を挟むと、

「なるほど」

金三郎はにやりと笑みを浮かべた。

「こんな値打ち物を盗む奴《やつ》らは、コソ泥と違って金に換えるのに焦ることはねぇんだよ。騒ぎをおこしてすぐに売ろうとすれば、目立って足がつきやすい。ほとぼりが冷めた頃、ひとつずつ、店も替えて用心深く売りさばくものさ」

嘉平治の教えが腑《ふ》に落ちて、おりんは、うんうんと頷《うなず》いた。

八丁堀の磯部家を後にしたおりんと嘉平治が堀留《ほりどめ》二丁目に戻って来たのは、日の高さから、ほどなく五つ（八時頃）になる時分だと思われる。

堀江町《ほりえちょう》入堀《いりぼり》の煙草河岸や蔵地辺りは、荷を運ぶ棒手振《ぼてふ》りや荷車が行き交い、早朝の活気が依然として残っていた。

おりんと嘉平治が、戸の開け放たれた『駕籠清《かごせい》』の土間に足を踏み入れると、框《かまち》に立ったお条《くめ》が、

「このところ、伊助《いすけ》や音次《おとじ》、それに人足になったばかりの磯平《いそへい》、亀助《かめすけ》が駕籠抜けに遭ってるので、くれぐれも用心しておくれ」

「へい」

土間に並んだ人足頭の寅午《とらうま》や六、七人の人足たちは、お条の訓辞に対し、殊勝に声を揃《そろ》えた。

お条が口にした駕籠抜けとは、駕籠の代金を踏み倒す手口のことだ。

客に言われた行先に着くと、お店の者に払わせるとか、中で待つ親から駕籠代を貰《もら》ってくるとかいって人足を外に待たせ、本人は店に入るとそのまま裏口から抜け出るという、〈ただ乗り〉の手口のことである。

「だがね、そんな客を前もって見極めるのは難儀ですぜ」

「円蔵《えんぞう》の言う通りですよ。誰《だれ》も、わたしゃ駕籠抜けしますって顔はしてねぇからさ」

小鼻の大きい巳之吉《みのきち》が、鼻の穴を膨らませる。

「嘉平治さんのご高説を伺いたいもんだね」

突然、お粂が嘉平治に水を向けた。

「まずは、やけに愛想のいい客には気をつけるこった。外で待てと言われても、前棒と後棒を担ぐ二人がいるんだから、一人は客に付いて店の中に入ればいいだろう」

「だがね親方、おれらが中に入るのを嫌がる店もあるんですよ。ほら、上は半纏《はんてん》らしい布っきれを羽織っちゃいるが、腰の下は褌《ふんどし》だけで、裸みてぇなもんだから」

伊助のぼやきに、

「若い娘がよく行くお店の手代なんかが、露骨に嫌な顔をしやがるんだ」

音次の同調を得た伊助は「そうそう」と大きく頷く。

『駕籠清』に生まれたおりんや堀留界隈《かいわい》の女たちは、伊助が口にしたような装《な》りをして働く男たちを日ごろから見慣れているが、中には目を背ける女衆がいるのかもしれない。

「いっそのこと、膝上《ひざうえ》あたりまで裾《すそ》のある『駕籠清』の印半纏を着ちゃどうなのさ」

「おりんさん、それじゃまるで天秤棒《てんびんぼう》担いで売り歩く魚屋ですぜ」

巳之吉が渋い声を発すると、

「駕籠を担いでるから、まさか魚屋に間違われることはねぇと思うがねぇ」

寅午は首を傾《かし》げる。

「おりん、その半纏はいったい誰が買い揃えるんだい」

お粂が尖った声を発した。

「そりゃ、雇い主の『駕籠清』でしょうよ」

「冗談じゃない。駿河町《するがちょう》の『越後屋《えちごや》』さんくらい儲《もう》けたら拵《こしら》えもしようが、印半纏がいくらするとお思いだよ」

お粂は眼《め》を吊《つ》り上げておりんを睨《にら》みつけた。

「襌にする晒《さらし》が一本六十文（約千五百円）てとこですから、半纏となると、一枚、二、三百文はするんじゃありませんかねぇ」

円蔵がのんびりとした声を出すと、

「『駕籠清』の主《あるじ》が他のことに飛び回ってないで、駕籠屋に本腰を入れてくれさえすれば、番頭がそろばん勘定にため息をつくようなことはないんだけどねぇ」

嫌みたっぷりな物言いをしたお粂が、腰の帯を片手でポンと叩《たた》くと、横を向いた嘉平治はそっと口を尖《とが》らせた。

本所《ほんじょ》は、大川に架かる両国橋《りょうごくばし》を渡った東岸にある。

印半纏の一件で話がもつれた朝方、『駕籠清』を後にしたおりんは久しぶりに本所に足を踏み入れていた。

一旦《いったん》、東広小路の南側にある本所尾上町《おのえちょう》に立ち寄ったものの、すぐに引き返して回《え》向院《こういん》前に差し掛かっている。

回向院前の通りには、家族連れや友人らと語らった老若男女がのんびりと行き交っていた。

すれ違う人が手にしている竹筒は、花御堂《はなみどう》に立つ釈迦《しゃか》像に掛けた甘茶を注ぎ入れたものに違いない。

四月八日の今日は、釈迦の降誕を祝う灌仏会《かんぶつえ》である。

三年ほど前までは、お紋《もん》など近所の幼馴染《おさななじ》みと深川の灌仏会に繰り出したものだが、その殆《ほと》どが嫁入りをしてしまい、去年は取りやめてしまった。

今年、おりんとお紋の間では、灌仏会の話が口に上ることさえなかった。

両国東広小路から北に駒留橋を渡った先の川端に、本所藤代町《ふじしろちょう》がある。

路地の奥に歩を進めたおりんは、小ぶりな二階家の戸口に立つと、

「叔父さん、りんだけど」

声を張り上げる。

「入んな」

家の中からすぐに、太郎兵衛《たろべえ》の声が返って来た。

三和土《たたき》に足を踏み入れたおりんは、障子の開け放された居間を通って、大川端に面

した庭の縁まで一気に進んだ。

「なにごとだよ」

上半身裸の太郎兵衛が、単《ひとえ》の着物に袖《そで》を通しながら居間の隣室から出て来た。

「千波《ちなみ》さんは」

おりんは、ひとつ屋根の下で暮らしている情婦の名を口にする。

「日本橋の旦那《だんな》衆と、寺や神社の庭巡りだそうだ」

帯を締めると、太郎兵衛は縁に胡坐をかき、

「あちこちの庭で花を見て回った後、何人かの旦那に所望されて花の絵を描いて差し上げるって寸法だよ。いまの時期なら、芍薬《しやくやく》ってとこか」

「ふぅん」

縁に立っているおりんの眼には、大川の流れが見えている。

流れの彼方《かなた》には、両国西広小路一帯に立つ家々の塊《かたまり》もある。

「あ、そうそう。千波さんに描いてもらった河原崎千五郎《かわらざきせんごろう》の似顔絵、捕物の役に立ったので、お礼をいいます」

「それでわざわざ来たのかい」

「ううん。尾上町の弥五平《やごへい》さんの長屋に行ったのよ」

嘉平治から八品商回りを命じられたおりんは、弥五平の手を借りに本所へ足を延ば

したと口にした。

嘉平治が受け持つ町々の八品商すべてを訪ね歩くのはいささか難儀である。

だが、長年下っ引きを務めている弥五平なら、同業者に顔の利く大本はどこかを知っていると思われる。

その大本に案内してもらうべく、弥五平の住む『源助店《げんすけだな》』に向かったおりんは、

「四文屋の仕込みがそろそろ済みますから、それまで太郎兵衛さんのところで待っててちゃどうです」

弥五平の勧めに従って来たことを打ち明けた。

捕物の用事がない時、弥五平は本業の四文屋に勤《いそ》しんでいる。

するめや干魚などの焼き物、こんにゃくや芋の煮物などを、ひとつ四文（約百円）で売り歩くので、四文屋と呼ばれていた。

安い食い物と同時に酒も出すので、動く居酒屋という者もいる。

「ね、叔父さん」

太郎兵衛近くの縁に腰掛けて両足を下ろしたおりんは、少し声をひそめた。

「なんだい」

「おっ母《か》さんが死ぬ前だけど、よく見舞いに来てくれてた『あかね屋』のお栄《えい》さんに、なにか言い残したって話、聞いたことある？」

「言い残した――」

　小さく声に出した太郎兵衛は一、二度首を傾げると、

「おっ。もしかして、義兄《にい》さんの後添えのことかい」

と、手を打った。

「本当だったたのかぁ」

　おりんは十日ほど前、お粂から聞かされたことが本当かどうか分からずにもやもやと過ごしていた。

　それが本当らしいと分かって、少しばかり気は楽になった。

「おれは、おまさ姉さんから直《じか》に聞いたわけじゃなく、死んだ翌年くらいに、誰にも内緒だよって念押しされて、おっ母さんの口から聞かされただけだから、本当のことかどうかは何ともいえないがね」

「お父《と》っつぁんは知ってるんだろうか」

「嘉平治さんは知らねぇだろう」

「どうして」

「おっ母さんの口から嘉平治さんには、そう簡単には言えないだろうよ。だってな、自分の生んだ娘が、親より先に死のうとしてたんだぜ。死にたくねぇ思いやらこの世に未練だってあったはずなのに、亭主の後添えのことを気にしてる娘の心中が不憫《ふびん》で

仕方なかったんじゃねぇのかねぇ。普段は鬼婆《おにばば》のようなおっ母さんでも、人の親だ。姉さんの胸の内を思えば、後添えのことはなかなか言い出せなかったと思うね。とは言っても、おまさ姉さんの代わりの務まる女はどこにもいるわけないと、そんな意地を張ってるのかもしれねぇけどさ」

太郎兵衛はそういうと、ははは、と楽し気な笑い声を上げた。

「太郎兵衛さん、弥五平ですが」

表の方から弥五平の声がした。

「お迎えだ」

太郎兵衛に言われて、おりんは勢いよく縁に立った。

荷船は長閑《のどか》に大川を下っている。

船縁《ふなべり》から少し身を乗り出したおりんは、片手を川面《かわも》につけて心地よさを味わっていた。

おりんの反対側の船縁で足を投げ出した弥五平は、西岸に連なる武家屋敷を眺めている。

太郎兵衛の家に迎えに来た弥五平と両国東広小路から橋を渡ろうとした時、

「四文屋の弥五平さん」

と声が掛かった。

声の主は、東広小路の南側の石置場に係留していた荷船に立っていた男だった。

弥五平が堀留の方へ行くというと、運んで来た石を下ろして霊岸島《れいがんじま》に戻るだけだから乗せて行くと、荷船の男が請け合ってくれることになった。

「ありがたい」

そう言った弥五平とともに、おりんは、七五郎《しちごろう》という男の操る荷船に乗り込んだのである。

新大橋の下を潜《くぐ》って、川筋が大きく右へ回り込んだところで、

「お、中州の周りに船が集まってるぜ」

櫓《ろ》を漕《こ》いでいた七五郎が行く手を見たまま、不審な声を上げた。

屋根船や猪牙船《ちょきぶね》、それにひらた船を交えた六、七艘《そう》が、何かを取り囲むようにして、川面で群れている。

「水死人が浮いてるね」

弥五平の声は落ち着いていた。

「近づけるよ」

口にすると同時に、七五郎は群れている船の近くに荷船を寄せてくれた。

集まっている船の間に、紺か黒のような着物と、鮮やかな色味の着物が見え、その

傍《そば》で、白蠟《はくろう》のような腕と足が波に揺れていた。

しかも、日に焼けた骨太の手首と白く細い手先は赤い扱《しご》きのようなもので繫《つな》がれており、男と女の死体と思われる。

「どう見ても心中だ」

「若いね」

集まっている船に乗っていた見物人から飛び出た様々な感想が、おりんたちの船にまで届く。

水死人や行倒れは、江戸では特段珍しいことではなかった。

海や川の水死人見物の客を船に乗せて金を取る連中がいることは、以前から耳にしていた。

相場は一人六文（約百五十円）だが、見物人が押し掛ければ船賃も上がるということは、鎧《よろい》ノ渡《わたし》で渡船を操る市松《いちまつ》から聞いて知っていた。

江戸の者はよくよく物見高いと思う。

心中の生き残りや女犯《にょぼん》の坊主などが日本橋で晒《さら》し者になれば、人だかりがしたし、死罪となる罪人が市中引き回しになれば、通り道には見物の人垣が出来る。

堀留一丁目と『駕籠清』のある二丁目の間にある道は、小伝馬町《こでんまちょう》の牢《ろう》屋敷を出た引き回しの通り道であり、幼い時分から何度となく眼にしていたおりんにすれば、特別なことではなくなっていた。

川や海、汐入《しおいり》などに浮かぶ水死人の大方は、わざわざ引き揚げられることはない。海に流そうと何度押しやっても岸辺から離れない時は、仕方なく水から引き揚げて身元などを調べることとなる。

「七五郎さん、行こうか」

弥五平の声に「へい」と答えて大きく櫓を漕ぎ出すと、

「死体は大方、明日には深川沖か江戸の海の向こうに流れ去ってますよ」

七五郎は声を張り上げた。

二

堀留二丁目一帯に時の鐘が鳴り響いている。

嘉平治が目明かしとして受け持つ区域にある、主な八品商を歩き回ったおりんと弥五平は、七つ（四時頃）の鐘が鳴る時分に堀留に帰り着いた。

「ただいま」

おりんは、弥五平の先に立って『駕籠清』の土間に足を踏み入れる。

「お帰り」

帳場で帳面を広げていたお粂が顔を上げた。

「親分はおいでですか」

「それがさ、古くなった四手駕籠を作り直すか新しく誂《あつら》えるかの相談に、昼過ぎに駕籠屋の『定岩《さだいわ》』に行ったんだよ」

お粂が口にした『定岩』というのは、客を乗せる駕籠屋ではない。

客を乗せる駕籠を竹で作り上げる方の駕籠屋で、江戸市中にはおよそ六十軒ほどあると聞いている。

「噂《うわさ》をすればなんとかだよ」

お粂がそう口にするとすぐ、庭の方から嘉平治が土間に入って来た。

「お帰り」

お粂が声を掛けると同時に、おりんと弥五平も口々に声を発して迎える。

「たった今、八品商回りから戻ったところだよ」

おりんはそういうと、

「今日回った店には、盗品らしいものを持ち込んだ者もなく、扱ってもいないということだったよ」

とも付け加えて、横に立っている弥五平を窺《うかが》う。

すると弥五平は懐から二つ折りの書付を取り出して開き、

「おりんさんの言う通りですが、これに記されていた盗品の品書きを行く先々で書き写させましたんで、持ち込まれればそのうち知らせが来ると思います」

書付を二つに畳んで嘉平治に差し出した。

それを受け取ると、

「こういうのは、気長に待つしかねぇなぁ。待ったところで、出るとも限らねぇがね」

苦笑いを浮かべた嘉平治は、書付を懐に押し込んだ。

「それじゃわたしは」

「ちょっとお待ち。四文屋の仕事に取り掛かる前に、うちの台所で腹ごしらえをしてお行きよ」

お粂から声の掛かった弥五平は、

「ありがとうございますが、先ほどおりんさんに蕎麦《そば》をごちそうになりましたんで」

と、お粂に頭を下げた。

「そりゃ上出来だ」

嘉平治がおりんに頷いた。

「それじゃ」

弥五平は小さく会釈をして表に出ると、瓢箪新道《ひょうたんじんみち》の方へ足早に向かって行った。

「そうだ嘉平治さん。お前さんが出た後、仏師の宗助《そうすけ》さんが見えてさぁ、何か相談事があるような口ぶりをしていなすったよ」

お粂は、まるで秘め事でも話すように声をひそめた。


深川北川町《きたがわちょう》は、永代橋《えいたいばし》東詰と永代寺門前仲町《もんぜんなかちょう》の真ん中あたりにある。

町の西側には油堀《あぶらぼり》西横川が越中島《えっちゅうじま》の方へと延びており、川の対岸には御船手《おふなて》組屋敷と信濃松代《しなのまつしろ》藩真田《さなだ》家の下屋敷が、境を接して立ち並んでいた。

堀留で市松の猪牙船に乗せてもらったおりんと嘉平治は、大川を横切って深川の油堀に架かる千鳥橋《ちどりばし》の袂《たもと》で船を下り、油堀西横川の河岸を深川北川町へ向かっている。

刻限は七つ半（五時頃）と思われるが、西日を浴びた町並みはまだ明るい。

川端の通りから左に延びた小路に入りんだ先に、自然木を門柱にした吹抜門があり、右の柱に『仏師　治作《じさく》』と記された看板が下がっていた。

おりんは、門を通って母屋と思《おぼ》しき建物の裏手へ回り込む嘉平治のうしろに続く。

「堀留の嘉平治ですが」

母屋の裏手は庭になっており、様々な木材の置かれた屋根付きの掘立小屋が大小合わせて三棟、纏《まと》まりなく立ち並んでいた。

「お、嘉平治さん、今日来てもらえるとは」

母屋の建物に継ぎ足して建てたような、四方が五、六間《けん》ほどの建物から、仏師の宗助が恐縮したように腰を折りつつ出て来た。

「おっ義母《か》さんが、早いとこ行った方がいいというものでね」

嘉平治が笑顔で答えると、

「例の、手付《てつけ》を打ったいちいの木の丸太を、なんとしてもお父っつぁんには諦《あきら》めてもらおうと決めまして、堀留を訪ねたわけなんですよ」

声をひそめた宗助は、眉間にしわをよせて頭を下げた。

いちいの木を買わないように説得するので、嘉平治にも後押しをしてほしいというのが宗助の頼み事だった。

「とにかく、中に」

宗助に促され、おりんは嘉平治に続いて、母屋と繋《つな》がっている建物の中に入った。

中は、見た目よりも広い矩形《くけい》の作業場になっており、戸口近くで角材に鑿《のみ》を向けていた若者が、嘉平治とおりんに小さく頭を下げた。

「倅《せがれ》の松太郎《まつたろう》ですよ」

「大分以前に会ったきりでしたが、そうですか、お父っつぁんの弟子におなりでしたか」

嘉平治はしみじみと述べた。

「松太郎、嘉平治さんが見えたとお父っつぁんに知らせて来てくれ」

宗助の声に頷いた松太郎が、母屋との境の出入り口から出て行こうとして、足を止めた。

「声が聞こえた」

母屋の方から現れた白髪交じりの老爺《ろうや》が嘉平治の方を見て、人の好《よ》さそうな顔に笑みを浮かべた。

「治作さん、お久しぶりで」

挨拶《あいさつ》をした嘉平治はすぐに、

「これは娘のりんでして」

「ほほう。あの、おりんさんか。で、幾つになんなすったね」

「十八です」

おりんが返事をすると、

「松太郎がひとつ上か」

自分の定席らしき作業場に腰を下ろした治作は、おりんを見た眼を松太郎にも向けた。

「嘉平治さんもおりんさんも、楽にしてくださいよ」

宗助に、座るよう促された嘉平治とおりんは、治作の近くに膝を揃える。

「宗助に聞いたが、お粂さんは相変わらず威勢がいいようだねぇ」

「ええ、それでまぁ、言わなくてもよさそうなことまで口にして、おりんやら駕籠昇《か》き人足たちに煙たがられているようで」

嘉平治は苦笑いを浮かべた。

「酒も相変わらずかな」

「へぇ。大酒飲みじゃぁありませんが、お義父《と》っつぁんが生きてた時分と同じくらいは時々」

「時々じゃなく、毎日」

おりんが横合いから口を挟むと、

「大昔、『駕籠清』の婿養子にという話が起きた時、そこの娘が酒に強いと聞いて、下戸《げこ》の清右衛門《せいえもん》が婿入りを渋ったのを、受けろと勧めたのはこのわたしなんだよ」

そういうと、治作は楽し気な笑い声を上げた。

「お祖父《じい》ちゃん、お酒は飲んでましたけど」

「『駕籠清』の婿になった後、おっ義母さんに慣らされたんだよ」

「あぁ」

おりんは大きく頷いた。

「おっ義母さんの血筋か、おりんもこっちはいける口でして」

嘉平治が、左手で猪口《ちょこ》を持つ仕草をしてみせた。

「『駕籠清』の跡を継ぐんだろうから、酒ぐらい飲める方が頼もしくていいじゃないかぁ。なぁ」

治作は、近くに座っている宗助に話を振った。

「あたしは、継ぐともなんとも、先のことはまだ決めてません」

おりんは、今の心境を控え目に述べた。

「そうかぁ。まだ決めてはいないかぁ。しかし、『駕籠清』がなくなるというのは、ちと、寂しい気がするねぇ」

小さな笑みを湛《たた》えて呟《つぶや》いた治作の声に、おりんは言い返す言葉が見つからなかった。

「そうそう、先のことと言えばお父っつぁん、五十両で買うというういちいの木のことなんだがね」

話を切り出した宗助が、ほんの少し上体を前に傾けた。

「嘉平治さんにも木場の材木屋について来てもらって、いちいの丸太を見てもらったんだよ」

「いい木だったろう」

治作は、どうだと言わんばかりに宗助と嘉平治を見やる。

「あれは、いい木だよ。だがお父っつぁん、買うのは本気なのかい」

　宗助は、上目遣いで治作を窺った。

「本気だよ。だから手付の二両（約二十万円）を渡した。それを、今更無駄にするわけにはいかんな」

「いや、手付とかなんとかより、わたしが気懸りなのは、お父っつぁんの年なんだ。あの丸太、乾燥するのに二十年は掛かる代物だよ」

「だろうな」

　治作は、宗助が言った年数のことは承知している口ぶりである。

「今年、七十だから、乾燥し終わって彫り出すってとき、わたしは九十だ。すぐに彫り出しても、彫り終わるまで一年かかるか二年かかるかも分からねぇ」

「お父っつぁん、そのことだよ。何を彫るか決めかねて、二年三年と丸太を寝かせることになったらどうするんだよ。それに、九十を超す年になっても彫る力や気力があるかどうかなんだ。いや、はっきり言うとね。そこまで生きているかどうかも分からんのに、あのいちいの丸太を買うのは、無茶としか思えないんだよ」

　一気に話し終えた宗助は、肩を大きく上下させる。

「彫れる」

　治作の声は静かだが、威厳があった。

「けど」

「彫るよ」

治作は、宗助の物言いを封じるように語気を強めた。

そして、すぐ、己の頭を軽く叩くと苦笑を浮かべ、

「いや、彫れるとか彫るとかいうのは、思い上がった物言いだな。仏師の務めは、彫らせていただくことなんだ。うん。角材にしても丸太にしても、あの木の中には、仏様がとっくに住んでおられる。じっと木を見てると、木の中にぼんやりと、立ってお出《い》でか座ってお出でになるかするお姿が見えて来るんだ。わたしら仏師というもんは、ただ無心に木を削って、中のお姿を無傷で取り出させていただくだけのことなんだと、この年になってやっとそう思うんだ」

治作の言葉に、宗助は無論のこと、作業場の皆が黙り込んだ。

いつの間にか、夕焼けの色が褪《あ》せていた作業場に、のどかな烏《からす》の鳴き声が届き、やがて遠のいた。


六つ（六時頃）の鐘が打たれる時分には、朝日の射す町の通りは、出職の者や棒手振り、荷車を曳《ひ》く牛馬がひしめき合う。

早々に朝餉《あさげ》を摂《と》ったおりんは、灌仏会の翌朝も嘉平治に従って堀留二丁目の家を出て、同心の磯部金三郎の役宅のある八丁堀へ向かっていた。

鎧ノ渡から渡船に乗るべく、堀江町入堀に沿って思案橋《しあんばし》に差し掛かった時、小網富《こあみふ》士《じ》の方から駆け足で姿を現した喜八《きはち》が、

「丁度よかった」

二人の前で足を止め、息も絶え絶えに口を開いた。

「なにごとだ」

嘉平治が問いかけると、

「思案橋の先の岸辺に、死体が二つ浮かんでたそうで、いまさっき、小網町の平之助《へいのすけ》親分と町内の連中が水から引き揚げて、地べたに並べたところです」

高砂町《たかさごちょう》の家を出た喜八は、江戸の名所絵図売りに品川の方へ行こうとして通りかかり、水死人騒ぎに遭遇したのだと、息遣いも荒く告げた。

「お役人に知らせは」

嘉平治が問うと、

「町役人が奉行所に人を走らせ、平之助親分は、下っ引きを八丁堀の新藤《しんどう》様と磯部様に知らせに遣《や》ったとお言いでした」

「分かった」

返事をした嘉平治は、おりんと喜八の先に立ち、思案橋の先を道なりに左へと曲がった。曲がってすぐの日本橋川の河岸に人だかりがしていた。

道の端に、どっぷりと水を含んだ着物を身に纏った男女ふたつの死体が並べられており、しかも男と女の手と手は赤い扱きで繋がれているところから、覚悟の心中をしたものと思われる。その傍で、顔馴染みの目明かし、平之助が町内の古老と立ち話をしていた。

通りがかりの者はほんの少し立ち止まるとすぐに去るが、町内の者や近隣の鳶《とび》の若い衆が、足を止めて人垣を作る物見高い連中を懸命に追い払っている。

「平之助親分」

嘉平治が声を掛けると、

「お、嘉平治どんか」

嘉平治より二つ三つ年上だと聞いている平之助が、死体の傍から離れて近づいてきた。

「こちらは、おりんさんだね」

平之助は、喜八と並んだおりんに親しげな笑みを向けた。

「よろしくお願いします」

おりんは、丁寧に腰を折った。

その時、鎧ノ渡の方から若い男が駆け付けて、

「親分、八丁堀からお役人が参られました」

急ぎ平之助に告げた。恐らく平之助の下っ引きだと思われる。

そこへ、足早に現れたのは、同心の磯部金三郎と仙場辰之助《せんばたつのすけ》である。

「お、嘉平治も居たか」

「八丁堀に参ります途中、通りかかりまして」

嘉平治が返答すると、金三郎は平之助に眼を向け、

「同役の新藤生馬《いくま》は役宅を出たあとでな、お前の用件は、うちの下男に言付けて奉行所に走らせておいた」

と、事情を知らせた。

「恐れ入ります。どうかこちらへ」

平之助は頭を下げると、地面に並べた二つの死体のほうに金三郎と辰之助を導いた。

検使役を務めるのは金三郎と思われるが、持ち場ではない小網町でのことでもあり、嘉平治は検使の場に行くのは遠慮した。

死体の傍に座り込んだ金三郎や辰之助、それに平之助の周りに野次馬が近づかないよう、町内の者たちが立ったが、嘉平治やおりんのいるところからは、着物を剝《は》ぎ取られて裸にされる女の死体が見えた。

「通りがかりの連中の前で裸にするのかい」

おりんが呟くと、傍にいた嘉平治と喜八が、同時に頷いた。

「人の眼のあるところで裸にして調べるのは、後になって、検使に手心が加えられただの、誰かを庇《かば》ったとかいう責めを浴びないようにするためさ」

そう小声で話した嘉平治は、殊に女の死体に対しては、酷薄なほどの態度で臨むのだとも言い添えた。

「あの二人、昨日、大川に浮かんでいた死人に似てるんだよ」

おりんの囁《ささや》きに、嘉平治と喜八が顔を向けた。

弥五平と共に乗った荷船から見た、昨日の水死人見物の様子を伝え、

「男の着物は黒か紺に見えていたけど、女の着物は色も柄も同じだよ」

間違いないというふうに頷く。

今、男の着ていたものを見ると深川鼠《ふかがわねずみ》に黒の万筋《まんすじ》柄だが、水に浸《つ》かれば黒一色に見えてもおかしくはない。

先刻剝ぎ取られた女の着物が、昨日大川で見た女の着物と同じ、猩々緋《しようじようひ》に白抜きの向かい亀甲《きつこう》の柄だったことは、おりんの眼に鮮やかに残っている。

明日になれば海の向こうに流れて行くだろうと、荷船の船頭、七五郎は言っていたが、大川を下った二つの死体は潮流か風の加減で押し戻されて、日本橋川の岸辺に引っ掛かったものと思われた。

三

川岸での検使が終わった二つの死体は、小網富士のある明星稲荷《みようじよういなり》の境内《けいだい》に移されていた。

当初、小網町の自身番に集まって、死因や身元調べの相談をすることになっていたのだが、手狭だということで場所を変えることになった。

相談の場に嘉平治を同席させることを金三郎が諮《はか》ると、平之助は快く承知して、おりん共々その場に赴いた。

喜八は本業の務めを済ませたら堀留二丁目の『駕籠清』に来ることになり、検使の後、その場を去っていた。

男女の死体は裸のまま地面に仰向《あおむ》けにされたが、腰から下には蓆《むしろ》が掛けられている。

その周りを、金三郎と辰之助、それに平之助と嘉平治、おりんと町役人二人が囲んでいた。

二人の死体はともに蠟のように白い。

顔付きからして、二十代の半ばのように見える。

「二人の首や腹にあるこの傷痕《きずあと》は、おそらく躊躇《ためら》い傷だと思われます」

死体の傷痕を十手の先で示しつつ平之助が述べると、嘉平治は頷いた。

「お互い、相手を深く刺せないまま川に飛び込んで、その傷口から血が流れ出て死んだようだな」

淡々と口にした金三郎が、

「男の着物の袂にあった書付はどうだ」

と、祠《ほこら》の方に声を上げた。

祠の縁に広げた濡《ぬ》れた書付に手拭《てぬぐ》いを押し当て、水気を吸わせていた下っ引きが、

「まだ少し濡れておりますが」

書付の両端を摘《つ》まんで、金三郎の前に持ってきた。

「それはわたしが読み上げます」

辰之助が、下っ引きの手から書付を受け取ると、

「よくよく考えましたが、わたくしには過分の御望みに沿える自信がございません。長年お世話になりながら、このような不始末、まことに申し訳ございません。大伝馬町、村木屋《むらきや》旦那様、ご一同様へ。佐太郎《さたろう》」

辰之助が読み終えると、金三郎はその書付を己の手に持った。

「男は、村木屋っていうお店の奉公人と見ていいな」

金三郎の呟きに、

「大伝馬町ということですから、すぐに分かると思います」

平之助が即座に返事をした。

「女の隣りの男が、佐太郎に違いねぇようです」

女の死体の横にしゃがんだ嘉平治はそういうと、

「それは、書付にもそう書いてあるぞ嘉平治」

辰之助から呆《あき》れたような声が掛かった。

「そうなんですが、書付にある佐太郎がこの男だと示すものが、女の体に見受けられますので」

嘉平治は、女の二の腕の内側に彫られた『さたさま』の入れ墨を一同に見せた。


日本橋大伝馬町は一丁目と二丁目があり、おりんの家のある堀留町と境を接した北側に位置している。

おりんと弥五平が、真上に日の昇った大伝馬町の通りを二丁目の方から一丁目へと歩いていた。

小網町の岸辺に引き揚げられた男女の水死人の調べは、金三郎の指示によって、嘉平治と平之助が連携して動くことになった。

そこで持ち上がったのが、死体の置場のことだった。

夏の日射しを受ける稲荷の境内に置いていては、死体が傷む懸念があった。かといって、早々に火葬にしては、後々、知り合いの面通しが出来なくなる。

奔走した嘉平治は、堀江町《ほりえちょう》四丁目にある自身番近くの蔵地に、一軒の小さな空店《あきだな》があると知り、そこを借り受けて死体を移すことになった。

空店といっても商家の車曳きや船人足たちが休む番屋の作りで、枡形《ますがた》の広い土間と囲炉裏の切られた畳八畳ほどの板張りがあった。

金三郎も立ち会い、その番屋を調べの拠点にすると決まったのが一刻《いっとき》（約二時間）ほど前の五つ半（九時頃）だった。

嘉平治の呼び出しに応じて、弥五平が本所の住まいから番屋に駆け付けたのは、ほんの四半刻（約三十分）前である。

神田川の北岸にある船宿に客を迎えに行くことになっていた『駕籠清』の駕籠舁き人足に、本所の弥五平への言付けを託していたのだった。

おりんは、弥五平が来るのを待って大伝馬町へ足を向けた。

ともに動く平之助とその下っ引きたちは、すでに、死んだ女の身元調べに取り掛かっていると思われる。

大伝馬町は堀留二丁目のすぐ北隣りにあるのだが、おりんが足を向けるのは、せいぜい幼馴染みのお紋の家のある瓢箪新道までだった。

よく動き回る近隣と言えば、芝居町のある堀江町入堀一帯、伊勢町堀《いせちょうぼり》を越した先の室町《むろまち》界隈である。

「この辺りに村木屋ってお店はありませんかね」

弥五平と二人、大伝馬町二丁目を訪ね歩いたが、「何を商うお店だ」と聞き返されるばかりで、埒《らち》が明かなかった。

二丁目の四つ辻《つじ》をまっすぐ進んで、おりんと弥五平は一丁目の通りに足を踏み入れる。するとそこは、趣の違う商家が立ち並んでいた。

軒看板や戸口に下がる長暖簾《ながのれん》には、『太物』や『木綿』の文字が多く見受けられる。

「弥五平さん」

声を発したおりんが、五、六間先の掛け看板を指さした。

「ありましたね」

『木綿問屋　村木屋』の看板を見た弥五平は頷くと、おりんの先に立って長暖簾の下がった店の戸口へと近づく。

「入りますよ」

弥五平はおりんに声を掛けると、『村木屋』の土間に足を踏み入れた。

土間には客の姿はなく、帳場に着いた番頭らしき男は算盤《そろばん》に没頭し、手代と思しき三人の男は、板張りで木綿の反物を巻いたり棚に並べたりしている。

「なにか」

反物を巻いていた手を止めて、一人の手代が、土間の弥五平とおりんに眼を向けた。

「わたしどもは、堀留でお上の御用を務めます嘉平治の手の者でございます」

弥五平が口を利くと、手代たちの動きが止まり、皺《しわ》の刻まれた顔を上げた帳場の男が、慌てて土間近くの框に来て、膝を揃えた。

「番頭の市助《いちすけ》でございますが、御用の趣はなにか」

手を突いた五十絡みの番頭の顔には、どことなく怯《おび》えたような翳《かげ》が窺える。

「こちらに、佐太郎さんという奉公人はおいでだろうか」

弥五平の問いかけに、市助の顔は固まり、手代たちが一斉に土間を見た。

「そういう名の手代はおるにはおりますが、今は、出掛けておりまして」

落ち着きを失った市助は、膝に置いた手をしきりに揉《も》んだ。

「出掛けられたのは、いつのことだね」

「それは」

返事に詰まった市助は、しきりに小首を傾げる。

「お前さん方は、佐太郎の行先を知っておいでかい」

弥五平に声を掛けられた手代たちは、困惑して眼を泳がせた。

「奥で聞いておりましたら、わたしどもの佐太郎のことだとか」

帳場近くに下がった暖簾が割れて、番頭と同い年くらいの恰幅《かっぷく》のいい男が板張りに現れた。

「わたしは、主の幸兵衛《こうべえ》でございます」

市助の横に膝を揃えた幸兵衛は、にこやかな顔で軽く首《こうべ》を垂れた。

弥五平は、今朝早く、堀江町入堀と日本橋川が交わる辺りで心中と見られる男女の水死人が揚がった件を話し、男の袂から見つかった書付には、『村木屋』への詫《わ》びが記されていたことを打ち明けると、

「『村木屋』の誰かに、死人の顔を見て、本人かどうか確認して貰いたいんでやす」

とも付け加えた。

番頭はじめ手代たちは身を強張《こわば》らせて物も言わないが、幸兵衛だけは小さく、ははと笑い声を上げ、

「うちの奉公人が、まさか心中など思いもよらないことでして。書付にしても、誰かの悪戯《いたずら》か何かではありますまいか」

悠然と言い切った。

「佐太郎さんには、そんな悪戯をされるような事情でもありますか」

弥五平が尋ねると、幸兵衛は「さぁ」と声を出して首を捻《ひね》る。

「それじゃ弥五平さん、わたしはここで、出掛けている佐太郎さんの帰りを待たせて

もらいます」

おりんが、それこそ凜《りん》とした声で言い切ると、番頭と手代たちは、俄《にわか》にそわそわとし始めた。

「実は佐太郎は、親の具合がよくないというので、在所に帰っているのでございます。いつ戻るか知れませんので、明日にも飛脚を走らせて、帰るように催促しようかと考えておりまして」

そういう幸兵衛の声は落ち着いていた。

「佐太郎さんの在所はどこだね」

「下野《しもつけ》だか常陸《ひたち》かと」

幸兵衛は弥五平に答えたが、

「武蔵《むさし》でございます」

と、番頭が恐る恐る正す。

「さっきはどうして、番頭さんはそのことをわたしらに言ってくれなかったんですかね」

おりんは穏やかな物言いをしたのだが、番頭の顔からは血の気《け》が引いた。

「駄目じゃないか番頭さん、最初にきちんとお伝えしないから、御用のお方のお調べの障りになるんだよ」

幸兵衛の叱責《しっせき》に、番頭は「はは」と板張りにひれ伏した。

「また、改めて訪ねるかもしれないが」

そう口にした弥五平が、おりんに目配せをして表へと出て行く。

すぐに出たおりんが横に並ぶと、

「『村木屋』には何かありますね」

弥五平は小声でそう断じた。

その意見に賛同したおりんは、大きく頷き返す。

「磯部様や親分と相談して、佐太郎の顔を知っていそうな者を見つけ出すしかありませんや」

「そうだね」

おりんは、後にしたばかりの『村木屋』を振り向いた。


堀江町一帯は、西日を浴びている。

お調べの拠点となっている番屋の中に、板戸の隙間《すきま》から射し込む光が延びていた。

土間の七輪に掛かっていた鉄瓶の湯を土瓶に注いで板張りに上がり、

「二番煎《せん》じですが」

そう断って、おりんは囲炉裏の傍で胡坐をかいていた磯部金三郎と嘉平治の湯呑《ゆのみ》に注《っ》ぎ足す。

「みんなにもな」

嘉平治の声に頷いたおりんは、土間近くの板張りに座っている男女四人の湯呑にも茶を注いで回る。

「待たせてすまねぇが、もう少し辛抱してくれ」

ひょいと片手を上げた金三郎から声を掛けられると、男女四人は恐縮したように頭を下げた。

土間に下りたおりんが鉄瓶を七輪に戻すと同時に、カラリと戸が開いて、仙場辰之助が中に入り込んだ。それに続いて入って来たのは、『村木屋』の主、幸兵衛と番頭の市助である。

「『村木屋』さん、呼び立ててすまねぇな」

「いいえ」

幸兵衛は、笑みを浮かべて片手を打ち振った。

金三郎は上がり框に近づいて膝を揃えると、土間に下りた嘉平治は、

「『村木屋』さんに、ちょいと死人の顔を見てもらいたいんだよ」

と口にして、おりんに目配せをした。

おりんは、薄暗い土間の隅にあった莚をゆっくりと下げ、並んで横たわる二つの死

体の顔を晒した。

「この男に見覚えはねぇかい」

嘉平治が問うと、

「いえ。存じませんが」

「へぇ、わたしも一向に」

顔をひきつらせた市助は、幸兵衛の返答に準じた。

「しかし、世の中ってものは面白いねぇ、みんな」

金三郎はそういうと、板張りにいた四人の男女に笑いかけた。そして、

「『村木屋』さん、こちらにお出でのみんなを引き合わせよう。一番向こうの若い衆は、『村木屋』の隣りの仏具屋、『加茂屋《かもや》』の手代、信助《しんすけ》さんだ」

金三郎の声に、二十を過ぎたくらいのお店者が頭を下げた。

「あ」

信助と呼ばれたお店者の顔を見た市助が、声にならない声を上げた。

「その隣りは、時々、『村木屋』の荷を請け負っている車曳きの甚八《じんぱち》だが、荷の運び先なんかを指図する手代の佐太郎さんの顔はよく知ってるそうだ。その横の娘二人は、神田和泉町《いずみちょう》の仕立物屋のお針子でね、時々荷車に付いて木綿を届けに来る『村木屋』の手代、佐太郎さんとは何度も顔を合わせていたそうだよ。そのみんながみんな、土

間に寝ている男は、佐太郎さんだと言ってるんだが、『村木屋』の旦那、それは間違いかねぇ」

ねちねちとした物言いをした金三郎は、幸兵衛に眼を向けた。

するとと幸兵衛は、思い立ったように土間にしゃがみこんで死体に顔を近づけ、

「あぁ、暗がりでよく見えませんでしたが、これは確かにわたしどもの手代、佐太郎でございます。どうだ市助」

「へ、確かに」

そういうと、市助はがっくりと首を折る。

「しかし、佐太郎が心中など」

後の言葉を飲み込んだ幸兵衛は両手を合わせて眼を瞑《つぶ》り、ぶつぶつと念仏らしきものを呟いた。

「磯部様、来てもらったみんなは」

嘉平治が問いかけると、

「お、わざわざ済まなかった。もう、引き揚げてくれていいぜ」

金三郎が労《ねぎら》いの声をかけると、集められていた男女四人は会釈をしながら番屋から出て行った。

「『村木屋』さん、これは佐太郎さんの袂に残されていた書付なんだがね」

嘉平治は、ほとんど乾いている書付を広げて、幸兵衛の眼の前に掲げた。

その文面を眼で追っている幸兵衛の様子になんら変化はない。

「佐太郎さんは、過分の御望みには沿えないと書いてますが、なんのことです」

嘉平治の問いかけに、幸兵衛はただ首を傾げる。

「ここに、申し訳ございませんともあるんだが、何のことか分かるかね」

「おそらく、死んで、お店に迷惑がかかることを詫びているのだと存じますが」

幸兵衛の様子は落ち着いており、嘉平治に丁寧に答えた。

「分かった。『村木屋』さんは、引き取ってくれていいよ」

金三郎の声に、幸兵衛は深々と腰を折ると、市助を引き連れて表へと出て行った。

「磯部様、『村木屋』の二人は妙ですよ。番頭は、佐太郎という手代は出掛けていると答えたというじゃありませんか。そしたら、主は、在所に帰っていると言いはじめたと聞いてます。そしたら、ここに来て死人を見ても知らない顔だと言ったかと思うと、暗がりで分からなかったなどと、よくもまぁ臆面《おくめん》もなくほざいたものですっ」

眼を吊り上げた辰之助が、吐き捨てた。

「仙場様の仰《おつしや》ることもようく分かりますが、心中は、し損ねたら三日間晒し者にされるほどの重罪でございますから。まして、心中者を出したとなると『村木屋』の暖簾に疵《きず》がつくと恐れたのかもしれません」

嘉平治は、遜《へりくだ》った物言いをして辰之助を宥《なだ》めた。

六つ半（七時頃）を少し過ぎた頃おいだが、『駕籠清』の表には明るみが残っている。

ほんの少し前、帳場と境を接する囲炉裏端で夕餉を摂り終えた嘉平治、おりん、それに弥五平と喜八は、その場に留《とど》まっていた。

『村木屋』の内情を調べた弥五平と、佐太郎と死んだ女が何者かを探っていた喜八から、酒を飲みながら成果を聞いていたのだ。

夕餉にはお粂も加わっていたのだが、捕物の話に遠慮したものか、板張りの天井から下がった八方の明かりの下、帳場に着いて帳面付けをしている。

お粂は、日が落ちてから客を迎えに行った二丁の駕籠を待っているに違いない。口には出さないものの、駕籠舁き人足たちが無事に帰るのを待つのも番頭の務めだと肝に銘じて、帳場を預かっているのではないかと、おりんはたまに、そう思うことがある。

「この近辺の自身番を訪ね歩いても、死んだ女に心当たりがあるって話は聞きませんでしたねぇ」

喜八はしきりに首を傾げてそういうと、

「わたしが刷り物をもらっている版元に頼んで、死んだ女の二の腕に『さたさま』の彫り物があったことを、読売に載せてもらうのはどうかと思うんですが、どんなもんでしょう」

思い付きを口にして、嘉平治や弥五平の顔色を窺った。

「その手はあるな」

「えぇ。心当たりのある者が現れるかもしれませんしね」

嘉平治の意見に賛同した弥五平は、喜八の盃《さかずき》に徳利《とっくり》の酒を注ぎ足した。

「弥五平、おめぇの方はなにか出て来たかい」

「へぇ。『村木屋』の中は、いろいろとありますようで」

嘉平治に頷くと、

「『村木屋』には、今年二十六になる、多代《たよ》という一人娘がいるんですがね」

と、静かに話し始めた。

『村木屋』は八年前、多代が十八の時に、神田の糸問屋の二男を婿養子に迎えたが、婿は一年ほど病の床に臥《ふ》せった後、薬効なく、三年前に死んだ。

その半年後、多代が望んで、幼馴染みの卯市《ういち》という小間物屋の三男坊を婿にしたのだが、近年は喧嘩《けんか》が絶えず、昨秋の九月、卯市は多代と決裂して『村木屋』を飛び出したという。

『村木屋』と離縁となった卯市は実家の小間物屋には戻らず、浜町堀《はまちょうぼり》近くに住む踊りの女師匠の家に転がり込んでいた。

弥五平が訪ね当てて、『村木屋』のことを聞きたいと言うと、

「待ってました」

卯市は手を打って、腹に溜めていた物を吐き出したのだ。

『村木屋』の中に於《お》ける多代の我儘《わがまま》と横暴さは、度を越していると卯市は顔をしかめたという。

父親の幸兵衛に頭を下げさせて卯市を迎えたにも拘《かか》わらず、多代の態度はまるで、

「家も継げない、養子の貰い手もないお前を、わたしが引き取ってやった」というような思い上がりに満ちていた。

従って、婿の卯市を使用人のように扱い、何ごとも己の言う通りにしないと気が収まらない多代に嫌気が差すばかりだったと、恨み言を吐いた。

「おれは何も、『村木屋』の婿でいなくったって構わねぇから、冗談じゃねぇと言い返す。そうするといつも喧嘩だ。その挙句に、おれはとっとと逃げ出したが、死んだという最初の婿さんは、多代に苛《いじ》め抜かれて気鬱《きうつ》になった末に、病になって死んだんじゃねぇかと思うと、可哀相《かわいそう》で仕方ありません」

卯市は真顔でそう口にしたと、弥五平は告げた。

さらに卯市は、奉公人にとって『村木屋』は生き地獄だとも囁いたという。

奉公人が熱を出しても、心構えが悪いからだと叱《しか》り、倒れるまで働かせる。倒れて寝込んでも、母屋から離れた物置に移されて医者も呼ばれず、ただ寝かされるだけなのだと、ため息をついた。

滋養のあるものなど食べさせてもらえず、一日に二度、七分粥《がゆ》が運ばれるだけらしい。

「わたしゃ思いますがね、『村木屋』の奉公人への仕打ちが、そっくり多代に引き継がれてるんですよ。幼馴染みの上に、根が大雑把《おおざっぱ》なおれでさえ我慢ならなかったんだ。この後、お多代の婿になる男は、よほど腹の据わった奴じゃないと務まるまいね」

卯市はそんな感想を述べたと呟いて、弥五平は話を締めくくった。

「それはあんまりだよっ」

突然、帳場からお粂の怒声が聞こえた。

「奉公人を大事にしないお店なんか、消えて無くなりゃいいんだ」

そう叫ぶと同時に、お粂は、帳面の載った文机《ふづくえ》を両手でどんと叩いた。

囲炉裏の四人は、黙って帳場の成り行きを窺ったが、その後、お粂が口を開くことはなかった。

「しかし、今日半日で、よく調べあげたな」

嘉平治が感心していうと、

「話をしてくれた昔の奉公人たちも卯市さんにしても、『村木屋』への鬱憤《うつぷん》を吐き出したくて仕方なかったんじゃありませんかねぇ」

弥五平は小さく苦笑いを見せた。

四

二日前に降った雨のせいか、水気を残した道に砂埃《すなぼこり》が立つことはなかった。

『駕籠清』の番頭であるお粂は、その日の雨には、やきもきしていた。

立夏が過ぎて十五日くらいが見ごろだという藤《ふじ》の花が、雨で散りはしないかと心配していたのだ。

江戸のこの時期は、亀戸《かめいど》天神の藤や谷中感応寺《やなかかんのうじ》の牡丹《ぼたん》を目当てに多くの人が動く。

花だけではなく、名物の筍《たけのこ》飯を食べに目黒へと足を延ばす人もある。

日本橋から亀戸へも目黒へでも駕籠を使う金に糸目を付けない客もいるので、『駕籠清』としては書き入れ時であった。

灌仏会から四日が過ぎた、四月十二日の昼時である。

嘉平治につき従って大川を渡ったおりんは、久しぶりに深川に足を踏み入れた。

霊岸島と深川を繋ぐ永代橋は長さが百二十間（約二百十六メートル）余りもあり、

その長さには改めて感心してしまう。

永代橋を渡った嘉平治とおりんは、永代寺門前仲町にある二の鳥居前で右に折れ、大島川に架かる蓬萊橋《ほうらいばし》を渡り、佃新地《つくだしんち》で足を止めた。

佃新地は俗に『あひる』と呼ばれ、深川七場所と称される岡《おか》場所のひとつだということは、昨夜、嘉平治から聞かされていた。

深川には多くの岡場所があったが、その中でも、門前仲町、土橋《どばし》、新地、石場《いしば》、裾《すそ》継《つぎ》、櫓下《やぐらした》、それに、あひるを加えた七ケ所が有名だった。そのうちの門前仲町は高等な見世もあったのだが、最下等といわれていたのが『あひる』だった。

汐入や水路が縦横に走る海辺新田《うみべしんでん》と隣接する佃新地の土は、湿っぽい。潮の臭《にお》いの漂う土地に、数棟の長屋が立っていた。

ひとつの棟には二畳の部屋が並び、そこで寝起きをする女が客を取って引き入れるのだと聞いている。切見世と言われる長屋は、まるで宮中の局《つぼね》のように並んでいることから、局見世とも呼ばれているという。

三日前、小網町の岸辺で引き揚げられた水死人の男は、その日のうちに身元は分かったが、女の身元は杳《よう》として分からなかった。

そこで、下っ引きの喜八は、女の二の腕に『さたさま』と彫られていることを読売に載せる手はどうかと申し出て、嘉平治の賛同を得たのだ。

すると、読売を売った日から一日が過ぎた昨日、

「その彫り物のある女なら知ってる」

と、霊岸島南新堀《みなみしんぼり》の車曳きが、土地の自身番に知らせたのである。

「深川『あひる』の女で、お勢《せい》っていう、気のいい女だよ」

そのことが昨日のうちに嘉平治にも知らされ、身元の確認のために『あひる』を訪れたのである。

おりんは嘉平治に続いて、二棟の局見世が向かい合う路地へと入り込む。

日は射し込んでいるものの、地面は所々湿っている。

雨が降れば、水はどぶ板を押し上げて溢《あふ》れ出すのかもしれない。

「ごめんよ」

長屋の一番手前の戸口に足を止めた嘉平治が声を掛けると、棟の陰から現れた女が、くるくる回していた手拭いを止めた。

「あら、お客じゃなさそうだね」

おりんを見るとすぐ、二十代半ばに見える女はふふと笑った。

「お勢さんという女がここにいたと聞いて来たんだがね」

嘉平治が名を出したとたん、

「お勢ちゃんになにかあったのかい」

女が顔を強張らせた。

「心当たりでもあるのかい」

「五、六日前に姿を消したままなんだよ。ここの丑松《うしまつ》親分が手下に探させたようだけど、とうとう見つからなかったって」

女は、嘉平治にそう返事をした。

「実はね」

目明かしだということを告げた嘉平治は、『村木屋』の手代の佐太郎と心中した女の身元を探している経緯を大まかに打ち明けた。

二の腕の内側に『さたさま』の彫り物があったのを読売に載せた結果、「『あひる』のお勢に違いない」と知らせてくれた者がいたことも伝えると、ぐらりとよろけた女は戸口の板壁に手を突いて体を支えた。

「お前さんの名は」

「徳《とく》」

女の口から、掠《かす》れた声が洩《も》れた。

「お徳さん、お勢さんの部屋を教えてくれないか」

嘉平治の頼みに応じたお徳は、向かいの棟へと足を向けた。

覚束《おぼつか》ない足取りを見たおりんが、咄嗟《とっさ》にお徳の腕を摑《つか》むと、

「ありがと」

やっと聞き取れるような声を洩らして、お徳は、端から三つ目にある戸口の腰高障子を開けた。

おりんは、嘉平治に続いて土間に足を踏み入れる。

土間は大人二人がやっと立っていられるくらいで、入るのを遠慮したのか、お徳は戸口の柱に背中を凭《もた》れさせて待った。

二畳の部屋は、狭い土間と小さな板敷になっていた。

土間近くに土瓶や湯呑の載った粗末な茶簞笥《ちゃだんす》があり、小さな手焙《てあぶ》り、片隅に積んだ夜具には枕屛風《まくらびょうぶ》が立てられている。

女は、狭い部屋に引き入れた客と、ちょんの間（約十分くらい）の相手をして、百文（約二千五百円）の揚代を得るのだと聞いている。

「お勢ちゃん、佐太郎さんと死ねたんだねぇ」

お徳は、空を見上げて、抑揚のない声を出した。

「死ねた、というと」

聞き咎《とが》めた嘉平治が、穏やかに問いかけた。

「二人は、惚《ほ》れ合ってたんだよ」

お徳が呟いた途端、深川沖のほうから海鳥の鳴き声が届いた。

お勢と佐太郎の仲については、向こう三軒両隣りの女たちもよく知っていたと、お徳はいう。

佐太郎が来るときは、いつもみんなにも土産を持って来ていたから、好かれていたようだ。

「ほんとうは、一緒になりたかったんだろうけど、お店の手代風情じゃ身請けするお金なんか用立てることは出来ないから、このままでいるしかないっていうのが、二人には辛《つら》いことだったんだよ」

そういうと、お徳は大きく息を吐いた。そして、

「その上、佐太郎さんには婿養子の口がかかったっていうんで、二人とも悩み苦しんでたんだ」

と、続けた。

「婿養子の口は、どこから」

「佐太郎さんの奉公先の『村木屋』からさぁ」

お徳から思いがけない言葉が出て、おりんは軽く息を呑んだ。

「佐太郎さんから聞いたけど、『村木屋』の家付き女は何かと難しい女だそうだよ。最初の婿さんには死なれ、その次の婿さんには逃げられたっていうくらい、疫病神が憑《つ》いてる女らしいし、自分に婿養子が務まるかどうかって、可哀相なくらい頭を痛め

ていたからねぇ」

戸口の柱に凭れたまま切なげな声を洩らして、お徳はがっくりと項垂《うなだ》れた。


佃新地を後にした嘉平治とおりんは、蓬萊橋を渡ると、大島川に沿って黒船橋《くろふねばし》の方へと向かっていた。

深川蛤町《はまぐりちょう》一丁目近くに差し掛かった時、背後から近づく何人かの足音がした。

振り返った嘉平治とおりんの前で、堅気とは見えない三十五、六の男が、従えてきた三人の男たちと共に立ち止まり、挑むような眼付を向けた。

「『あひる』を束ねております、丑松と申しますが、さっき、うちの女に、堀留の目明かしの嘉平治と名乗られましたか」

顔付とは裏腹に、丑松は丁寧な物言いをした。

「そうだが」

嘉平治が返事をすると、

「それじゃ、いっとき深川でも御用を務めておいでになった、稲荷松《いなりまつ》の嘉平治親分さんで？」

「そんな二つ名で呼ばれていたのは、こっちの方にいた時分だけだよ」

そう返事をして、嘉平治は小さな笑みを見せた。

小名木川《おなぎがわ》南岸の深川海辺大工町《うみべだいくちょう》生まれの嘉平治は、若い時分は土地では名の知れた暴れ者だったことを、おりんは聞いていた。

侠気《おとこぎ》を競って喧嘩騒ぎも起こしていた嘉平治は、ならず者たちに襲われて痛い目に遭っているところを同心の磯部金三郎の父、唯七《ただしち》に助けられた。その時、説諭をうけた嘉平治ははじめて人に頭を下げたらしい。

その後唯七と交流を重ねた嘉平治は、唯七から深川冬木町《ふゆきちょう》の目明かし、岩二《いわじ》の下っ引きになるよう勧められて素直に受けた。それから三年が経《た》った二十一の年に、唯七から手札をもらい、晴れて、海辺大工町の目明かしになったのだ。

悪に立ち向かう姿勢や堂々たる姿形が、小名木川沿いの玉穂《たまほ》稲荷脇《わき》に立つ松の木の枝ぶりに似ていることから、いつの間にか『稲荷松の親分』と呼ばれるようになったのだと、七、八年も前に、叔父の太郎兵衛から聞かされていた。

「それで親分、お勢と心中に及んだ片割れが、大伝馬町の木綿問屋、『村木屋』の手代だというのは、本当のことでござんしょうか」

丑松は、穏やかな声で尋ねた。

「いつかは知れるだろうから隠しはしねぇが、『村木屋』の佐太郎さんだよ」

嘉平治が小声でそう返事をすると、丑松は丁寧に頭を下げた。

「それで、お勢の亡骸《なきがら》はどうなっておりますんで」

「佐太郎さんの方は『村木屋』がしぶしぶ引き取って行ったが、お勢さんは、取りあえず小伝馬町の牢屋敷に預けているよ」

「それじゃ、お勢の亡骸は今日にもわたしらが引き取って、深川の寺で弔ってやろうかと思いますが」

丑松の申し出に、嘉平治は頷いた。

同心の金三郎も、そのことは了承するに違いあるまい。


翌日は、昼過ぎてから薄雲が広がっていた。

九つ（正午頃）の鐘が鳴ってから半刻（約一時間）が経った頃、おりんと嘉平治、それにお粂は、帳場の隣りの囲炉裏端で、昼餉代わりの心太《ところてん》を啜《すす》っている。

朝から仕事に出ていた駕籠が、立て続けに三丁戻って来るとすぐ、

「なんか食って来ます」

と、駕籠舁き人足たちは表に飛び出して行った。

すぐ近くにある、行きつけの一膳飯屋《いちぜんめしや》か蕎麦屋を目指したものと思われた。

佐太郎とお勢の死体が揚がった四日前から昨日まで、方々を歩き回っていたおりんにとっては、のどかな昼下がりである。

表通りを行く白玉売りの声が、ゆったりと遠のいて行った。

「堀留の親分さんはおいでですしょうか」

帳場の土間の方から、やや切迫した男の声がした。

「どなた」

心太の入った丼《どんぶり》と箸《はし》を持ったまま膝を立てたお粂が、帳場との境に立てている木製の衝立《ついたて》越しに土間を見た。

「わたしは、大伝馬町の木綿問屋『村木屋』の番頭、市助と申します」

その声に、急ぎ立ち上がった嘉平治が帳場に向かうと、おりんが後に続く。

「市助さん、何ごとだね」

嘉平治は、顔を引きつらせて土間に立っている市助に声を掛けた。

「ついさきほど、佐太郎と心中した深川の女の抱え主だというお人が、旦那様にあれこれと言いがかりをつけましして」

「分かった」

鋭く声を発した嘉平治は、一旦居間に入って十手を摑むと、三和土の草履に足を通した。

「あたしも」

その声に返事はなかったが、おりんは構わず嘉平治に続いて表へと飛び出した。

帳場の土間から出て来た市助と合流すると、嘉平治とおりんは大伝馬町一丁目へと急ぐ。

　市助の口から細かいことは聞けなかったが、深川の女の抱え主というのは、『あひる』の丑松だと思われる。

『駕籠清』のある堀留二丁目から大伝馬町一丁目まで、ほんの二町（約二百十八メートル）ばかりの道のりしかなく、あっという間に店先に着くと、嘉平治が真っ先に『村木屋』の土間に足を踏み入れた。

　市助と共に後に続いたおりんは、框に腰掛けた丑松が、脛《すね》を剝《む》き出しにした片足をもう一方の足に載せている姿に眼を留めた。

「丑松、お前さん、『村木屋』さんに何の用があって来た」

　嘉平治が静かに尋ねると、

「親分それですよ。なんですか、うちの佐太郎がこちらさんが抱えていた安女郎を道連れにしたから損料を払えと、とんでもない言いがかりをつけられて困り果てていたところなんです」

　丑松の近くで膝を揃えていた幸兵衛が、苦虫を嚙《か》みつぶしたような顔で吠《ほ》えたてた。

　すると丑松は、懐から白布に包まれた物を取り出した。それを開くと、戒名の記された白木の位牌《いはい》を幸兵衛の眼の前に立てた。

「お勢がこんなことになって、うちの女たちはみんな泣いてましたよ。旦那、うちの女たちは安女郎かもしれませんが、仲はよかったんだ。辛いことやなんかはみんなで分け合うくらいね。そういう朋輩《ほうばい》に囲まれたお勢が、みんなに黙って死ぬわけがないんだってことを、『村木屋』さんに話していたんでございますよ」

丑松は、嘉平治に軽く頭を下げた。

「それで」

「こちらの奉公人が、無理心中を持ち掛けてお勢を道連れにしたとしか思えません。従いまして、この先、お勢が稼ぐはずだった揚代金分を損料としていただきたいと申し入れたところです」

丑松が嘉平治に弁明すると、

「冗談じゃありませんよ。なにを言ってるんですかっ。佐太郎はうちの娘の婿になって『村木屋』の主になるはずだったんですよ。雇い人がお店の主になれるというめでたい話があるのに、どうして無理心中を持ち掛けるんですか。むしろわたしは、佐太郎を金づるにしていた女の方がそそのかしたに違いないと思ってます。佐太郎は、女に誑《たぶら》かされたに決まってますっ」

幸兵衛は真っ向から異を唱えた。

「『村木屋』の旦那も『あひる』の丑松も、なにをごちゃごちゃ勝手な御託を並べてるんだよっ」

我慢のならなくなったおりんは、堪忍袋の緒を切った。

「あんたらみたいな者が傍にいるから、あの二人は生きにくかったに違いないんだ。お前らに教えてやるが、大川に浮かんでいた二人の手は、赤い扱きでしっかりと繋がれていたよ。翌朝、引き揚げられた時も、二人の手と手は、赤い扱きで結ばれたままだった。波に揉まれ、潮に押し流されても解《ほど》けないでいたんだ。川に身を投げた二人が、決して離れ離れにならないようにと固く結んだ覚悟の証《あかし》が、あの赤い扱きだ。無理心中なんかであるもんかよぉ」

腹立ちまぎれに言うだけ言うと、おりんは『村木屋』の表へと飛び出した。

五

四月も半ばを過ぎると、朝の五つとはいえ、日射しが強い。

おりんが『村木屋』の店先で啖呵《たんか》を切ってから、五日が過ぎている。

四月の十八日ともなると、花見などの行楽に出かける人が引きも切らず、『駕籠清』の駕籠は、日の出前から出払っていた。

心中騒ぎの後これという御用はなく、下っ引きのおりんは連日、庭に立つ桐《きり》の木の枝に鉤縄《かぎなわ》を投げては巻き付ける習練に余念がなかった。

「お、やってるね」

後棒の音次と駕籠を担いで庭に入って来た伊助が、おりんに声を掛けると、空の四手駕籠を置いた。

「どこへ行って来たんだい」

「おれらは、上野の不忍池《しのばずのいけ》」

そう返事した音次が、

「そうそう。今、大伝馬町を通ったら、木綿問屋の『村木屋』の中が騒がしかったぜ」

「うん。通りがかりの連中も、何ごとかと足を止めてたよ」

と、兄貴分の伊助がそう付け加えた。

「ちょっと行ってみる」

おりんは、鉤縄を腕に巻き取りながら、『駕籠清』を後にした。

大伝馬町一丁目へと駆け足で向かったおりんは、あっという間に『村木屋』に着くと、通りの反対側にある天水桶《てんすいおけ》の脇に立った。

とっくに店を開けている刻限だというのに、『村木屋』の大戸は中途半端にしか開いておらず、軒から下がる長暖簾も出ていない。

そんな店の中から、女の喚《わめ》く声と、それを宥めるような男の声が通りへも響き渡っている。

「みんなどこに行ったのさぁ」

「探したらいいじゃないか」

「台所女中は、朝餉の用意もしないでどこへ消えたんだい」

宥める側の声は弱々しく、聞こえて来るのはほとんど女の怒鳴り声だった。

出職の者や担ぎ商いの者たちは、『村木屋』の方をちらりと見遣っただけで通り過ぎていくが、近所の者らしい連中が遠巻きにして、騒ぎに首を伸ばしていた。

「あんたも来たね」

遠巻きにしていた人垣に紛れていたお紋が、おりんの近くに寄って来て微笑《ほほえ》みかけた。

「なにがあったのさ」

「『村木屋』の住み込みの奉公人十人の内、小僧や手代、二人の台所女中と一人娘に付いてる女中一人の、合わせて七人が、この一日二日の間に姿をくらませたんだってさ」

そういうと、お紋は手にしていた煙管を口にして煙草をふかした。

「なにがあったんだろ」

おりんがぽつりと洩らすと、

「あそこは、前々から奉公人が居付かないというので有名ではあったけどね。うちの煙草職人なんか、『村木屋』はいつかこんな目に遭うに違いないと言ってたくらいさ」

お紋は妙に大人びた物言いをした。

店の中から、突然、艶《あで》やかな着物に身を包んだ、二十代半ばほどの太り気味の女が表に出て来て、

「みんなどこに言ったんだ」

と、通りの左右を睨みつけた。

「あれが、『村木屋』の一人娘のようだね」

お紋が口にした通り、飛び出した女こそ、多代に違いあるまい。

「『村木屋』への恩を忘れて、みんな、どこへ行ったんだ。どうなってるんだ」

多代は、夜叉《やしゃ》のような顔つきをして、吠えたてている。

表へ出て来た幸兵衛と市助が、ふらふらと動き回る多代を両脇から抱えると、野次馬の眼から隠すようにして、多代を店の中に引きずり入れた。

『村木屋』で騒ぎがあった日の午後である。

何がなくとも町を歩くのも下っ引きの務めだと弥五平に言われていたおりんは、九つの鐘を聞くと、嘉平治が持ち場にしている一帯を歩くことにした。

掏《す》りや路上での諍《いさか》いもなく、八つ半（三時頃）には堀留に戻り、堀留一丁目と二丁目を分ける通りの一角にある自身番に立ち寄った。

持ち込まれた苦情があれば、詰めている町役人か若い衆から聞いておかなければならない。

「りんですが」

表から声を掛けたおりんは、上がり框から畳の三畳間に足を踏み入れたとたん、

「あ、これは」

と、立ち止まった。

畳の間には、背を丸めた白髪の老爺がちょこんと座っていた。

「自身番のお人は先ほど出て行かれましたので、おっつけ戻られると思います」

老爺は丁寧な物言いをして、おりんに頭を下げた。

外で玉砂利を踏む音がして、上がり框から、嘉平治が畳の間に入り込んで来た。

「こちらさんが、自身番の人はおっつけ戻るってお言いだけど」

おりんが嘉平治に伝えると、

「町衆の太郎吉《たろきち》さんは、町役人の伝兵衛《でんべえ》さんのところに寄ってからここに戻るそうだ」

そう返事をした嘉平治は、老爺の向かいに胡坐をかいて座った。

「おれに聞きたいことがあるというのは、とっつぁんかい」

「へい。あたしは、多平《たへい》と申しまして、町小使を生業《なりわい》にしております」

多平と名乗った老爺は、両手を膝に置いて頭を下げた。

町小使というのは飛脚に似ているが、規模は小さい。

運送屋や飛脚に頼むほどのことはないようなものを、江戸府内の届け先に運ぶのが仕事である。

「深川の『あひる』に行きましたら、お勢さんが佐太郎さんと心中をしたと聞きましたんで、二人がどこに葬られたのかを伺いに参ったんでございます」

多平の用件を聞いたおりんは、嘉平治の少し後ろにそっと控えた。

「とっつぁんは、死んだ二人とはどんな間柄だね」

「さっきも申しました町小使として、この四年ばかり、二人の文を双方に届けておりました」

多平の口ぶりは、淡々としていた。

お店者の佐太郎は年に二度の藪入《やぶい》りのときしか休みはなく、『あひる』のお勢は、気ままに出歩ける境遇にはなかった。

二人を繋ぐものはほとんどが文のやりとりだったのだと、多平は口にした。

「二人のことを、とっつぁんは、どれくらい知っているんだね」

嘉平治が尋ねると、

「さぁ。どれほど知っていたのか、その辺はなんとも申せませんが」

多平は自信無げに首を傾げた。

「どうだい。とっつぁんが知ってることだけでも、聞かせちゃくれないか」

「へぇ。ここで、あの二人のことを話すのが供養になるなら、四年の間に知ったことだけ、お話しさせてもらいましょうか」

「あぁ、それで構わないよ」

「佐太郎さんとお勢さんは、武州岩槻《いわつき》の少し先の蓮田《はすだ》で生まれた、幼馴染みでしたよ」

多平は、ふと遠くを見るように顔を上げると、静かに口を開いた。

二人とも百姓の生まれで、年は二十四の同い年である。

佐太郎は三男で、お勢は、五人きょうだいの長女だった。

だが、十二になった早々、お勢は口減らしのため庄屋の家に住込み奉公に出されたという。

十五になった佐太郎は、江戸に出ていた同郷の者の口利きで、大伝馬町一丁目の『村木屋』に小僧として奉公することになり、蓮田を去ることになった。

そのことを妹から聞いたお勢は、庄屋の家に断りもなく、蓮田を貫く見沼《みぬま》代用水へと走った。

早朝の用水路の土手に立ったお勢の眼の前に、やがて、荷と佐太郎を積んだ一艘のひらた船が近づいた。

見沼代用水を進んだ船はその下流で芝川《しばかわ》へと入り、川口の先で荒川《あらかわ》と交わって江戸へ向かうのだ。

「その時のお勢さんは、佐太郎さんがとてつもなく遠い国へ連れて行かれて、もう二度と会えないのではないかという悲しさに胸が詰まって、声も出なかったと話してくれたことがありますよ。朝もやも這《は》い、声も聞こえなかった佐太郎さんは、その時、よもや見送りに来ていたとは気づかなかったと、お勢さんに江戸で打ち明けたようです」

「お勢さんは、佐太郎さんを追って江戸に来たんですか」

おりんはつい口を挟んだ。

「いえ。そうじゃねぇんです。実家の父親に売られて、千住《せんじゅ》宿の旅籠《はたご》で飯盛り女になったんですよ」

それは、お勢が十七の時だったと、多平は話を続けた。

しかし、その翌年、夜の宿場で火事騒ぎが起きた。

日ごろから待遇に不満を抱えていた奉公人に誘われたお勢は、火事騒ぎに乗じて三人の飯盛り女とともに、旅籠から逃げ出した。

盗んだ川船に乗り込んだ四人は、当てもなく荒川を下った。

その後、お勢たち四人は、大川東岸の中之郷《なかのごう》の荒れ家に住みついて、それぞれが日雇い仕事をしながら、日が落ちれば夜鷹《よたか》になって食いつないだ。

「それから一年の間に、一人は病で死に、もう一人は、住み着いていた家の近くの田《たん》圃《ぼ》で、首から血を流して死んでいたのよ」

お勢がそう打ち明けたことを、昨日のことのように覚えていると、多平は言い、

「わたしがお勢さんと初めて顔を合わせたのは、生き残りの朋輩と別れて、独り深川の『あひる』に流れ着いた直後でした。幼馴染みが奉公している木綿問屋がどこかも知っているが、訪ねることは出来ず、かといって字も書けないから、代わりに書いてくれないかと頼まれたのが始まりでした」

そう口にした多平は、小さくため息をついた。

「大伝馬町一丁目の『村木屋』を訪ねて、お勢さんの文を手渡した時の佐太郎さんの驚きようは、並じゃありませんでしたよ。岡場所にいるから気ままに出歩くことが出来ない体だということは、お勢さんは正直に伝えてました。佐太郎さんはそんなことは気にせず、自分も文を託したいから、時々『村木屋』に来てほしいと頼まれて以来、二人の文を運ぶ役目を負うことになった次第です」

そこまで話して、多平は静かに息を継ぎ、

「佐太郎さんの返事を持ってお勢さんに届けたのは、ひと月後のことでした」

と、すぐに口を開いた。

「そりゃ、お勢さんの喜びようは大変なものでした。いつか必ず会いに行くという文言を、声に出して何度も読まされましたよ。そのうち、いつか必ず会いに行くという字を覚えてしまいまして、ついには、字を書けるようになりたいともいいますので、お互いの体が空いた時を待って、字を教えてやりました。そうしましたら、教えた字を書いた紙を自分の部屋に貼り付けて、紙がなければ路地に書き、書いては諳《そら》んじるという毎日で、三月《みつき》もしたら、かなで文を書けるようになりました。それ以来、文の代筆も読むこともなくなりましたが、その年の盆の藪入りの日に、『あひる』にやって来た佐太郎さんと、やっとのことで顔を合わせることが出来たと、後日、お勢さんは、うれし泣きをしてましたよ」

そこで初めて、多平の顔に微笑みが零《こぼ》れた。

それからの佐太郎は、奉公人がお店を休める、年に二度しかない藪入りと、月に一度あるかないかの外廻りの仕事の合間を盗んで、お勢との逢瀬《おうせ》を重ねたのだった。

「お勢さんが塞《ふさ》ぎはじめたのは、去年、冬になった時分でしたかね。『村木屋』の主人から佐太郎さんに、婿養子にと声が掛かったのだと、打ち明けてくれました。しかし、佐太郎さんは断りたくても断れない事情を抱えていたんですよ。田舎の親に泣きつかれた佐太郎さんは、二度三度、給金の前借りをしていて、我儘を言えない体になっていたんです。それを知ったお勢さんは、佐太郎さんには婿の話を受けるよう勧めたそうです。奉公人がお店の主になるのは大出世だと、口ではそういいながら、とうとう、二人とも恋心を断ち切れなかったんでしょうなぁ」

そういうと、多平はそっと顔を伏せた。

おりんの脳裏を、佐太郎とお勢の手を結んでいた赤い扱きが過《よぎ》った。

「お勢さんはよく、川が好きだと口にしてましたねぇ。ことに、蓮田を流れる川の様子を聞かされました。近くには元荒川や芝川、見沼代用水が流れてるそうです。川辺にも沼にも花が咲くところが好きだと言ってましたよ。黒浜沼《くろはまぬま》の蓮《はす》はそりゃ綺麗《きれい》なんだよって。川が好きなのは、船が物を運ぶだけじゃなく、夢も運ぶからだともね。佐太郎さんが下った川の先に、いつか自分も行くんだと、そんな夢を見るのが心の支えだったと言っていたのに、そんな川に、二人は身を投げたんだねぇ。あの二人に、わたしが何かしてやれることはなかったのかと思うと、悔しいですよ」

多平の口から洩れた吐息が、微《かす》かに震えた。

おりんも嘉平治も、身じろぎもせず黙り込んだ。

出入り口の腰高障子は開いていて、そこから少しひんやりとした夜の風が入り込んでいた。

その風が、酒に火照《ほて》った顔を心地よく撫でて行く。

横座りしていたおりんが、小鉢や皿と共にお盆に立っている徳利を摑もうとした時、

「飲み過ぎよ」

軽く窘《たしな》めたお栄は、空いた小鉢や徳利などをお盆ごと持ち上げ、土間に下りて板場に運んで行った。

おりんは両足を投げ出すと、板壁に背中を凭れさせる。

居酒屋『あかね屋』に来たのは、西日が射している頃おいだったが、外はもうすっかり暗くなっていたし、店内には一人の客も居なくなっていた。

「お栄さん、店じまいしたようだから、あたしもそろそろ帰ります」

怪しい呂律《ろれつ》でそういうと、

「さっき、堀留の方に帰るお客さんに頼んで、嘉平治親分に迎えに来てくれるよう言付けをしたから、もう少し待って」

板場からお栄の声が飛んで来た。

おりんが、『あかね屋』に来たのは、夕刻、自身番の外で多平を見送った後だった。

多平は、佐太郎とお勢が葬られた場所を聞きに来たのだが、嘉平治もおりんも、佐太

郎がどこでどう弔われたのか、『村木屋』から聞き出すことは出来なかった。

お勢の遺体は丑松によって火葬にされ、『あひる』で死んだ無縁の女たちの眠る、海辺新田の小さな寺に葬られたと教えると、

「明日にでも線香を上げに行ってきます」

そう言い残して、多平は背を丸めて去って行った。

それから一旦『駕籠清』に戻ったおりんは、多平が話してくれた、佐太郎とお勢のことが頭から離れなかった。

二人で夕餉を摂っている時、箸の進まないおりんを見かねたのか、

「気が晴れない時は、酒だね」

と、お粂に明るい声でけしかけられて、三光新道《さんこうじんみち》の『あかね屋』の客になったのである。

板壁に背中を凭れさせていたおりんが、ふっと眼を閉じた。

生きている佐太郎とお勢を見たことはないのに、脳裏には笑顔を見せて笑い合う男女がいた。

『なにも、死ななくてもよかったじゃないか』

おりんは、心の中でそう呼びかけた。

『なにか、生きる手はなかったのかねぇ。だって、死んだらおしまいじゃないか。生

きてなきゃ、生きなきゃ、駄目なんだよ』

とも、訴えかけていた。

板場で洗い物をしていた音が、いつの間にか遠のいてしまった。

「お栄さん、悪いことをしたね」

嘉平治に似た声がすると、

「このまま寝かしてやってもよかったんですけど、心配なさるといけないから、お知らせだけでもと思って」

お栄と思える声もした。

「例の、『村木屋』はどうなるんですかねぇ」

おりんの耳に、女の声がすると、

「逃げた七人の奉公人の穴は大きいだろうね。よくない評判は立つし、すぐに傾くとは思えないが、今後、商売はやりにくくなるだろうよ」

そんなことを言う男の声を耳にした後、おりんは何も聞こえなくなった。

第四話　おんな目明かし

一

～すだれぇ、すだれはいかが、縄すだれ、玉すだれ、篠《しの》すだれぇ～

堀留《ほりどめ》二丁目の表通りを、すだれ売りが声を張り上げて通り過ぎていく。

四月も中旬になると、日射《ひざ》しは一段と強くなり、家々では日除《ひよ》けの心配をしなければならなくなる。

季節に合った物を売り歩く担ぎ商いの連中は、辻々《つじつじ》を動き回る季寄せと言えた。

「たぁ」

四尺（約百二十センチ）ほどの木の棒を上段に構えていた音次《おとじ》が、踊りの所作のようにゆっくりとおりんの肩を目掛けて袈裟懸《けさが》けに振り下ろした。

すると、おりんもゆっくりと足を動かしながら、小太刀に見立てた二尺（約六十センチ）ほどの木の棒で受けるとすぐ相手の棒を左に流し、たたらを踏んだ音次の背中に棒は当てず、袈裟掛けに斬《き》り下げた。

「そんな鈍い動きをして、いざというときに、役に立つのかねぇ」

藤棚《ふじだな》の外から声を発したのは、人足頭の寅午《とらうま》と二人で四手駕籠《かご》の手入れをしていた駕籠舁《か》き人足の巳之吉《みのきち》である。

「芝居小屋の立ち回りだって、初手はゆっくり動いて稽古《けいこ》をしてるって聞いてるよ」

おりんは声を張り上げた。

「巳之吉の兄ぃ、ゆっくり動くってのは、思った以上に体に応《こた》えますぜ」

息を整えながら返事をした音次は、額に噴き出している汗を手の甲で拭《ぬぐ》った。

「音次さん、相手してくれてありがとう。汗を拭《ふ》いとくれ」

おりんは庭の奥にある井戸に立つと、釣瓶《つるべ》を引き上げて水桶《みずおけ》に注ぎ入れた。

「ありがてぇ」

音次が、懐から出した手拭いを水桶の水に浸して絞り、顔や首の汗を気持ちよさげに拭く。

おりんは、井戸端で葉を茂らせている桐《きり》の木の根元に立って日射しを避けた。

手拭いの水を絞りながら藤棚に戻った巳之吉は、寅午と並んで縁台に腰掛けた。

『駕籠清《かごせい》』の庭は、木戸門近くの小ぶりな藤棚と井戸端の桐の木陰で日射しを避けられる。

ほどなく九つ（正午頃）の鐘が鳴ろうという、長閑《のどか》な頃《ころ》おいである。

「あれ、庭には駕籠が一丁残ってるね」

土間から出て来たお条《くめ》が、素《す》っ頓狂《とんきょう》な声を出すと、手にしていた帳面を広げる。

「番頭さん、この駕籠は、このあと巳之吉と組んで使う駕籠ですよ」

諸肌《もろはだ》を脱いだ首に手拭いを巻いた寅午が、藤棚から顔だけ突き出した。

「ほら、『丹波屋《たんばや》』の旦那《だんな》の御用で、九つ半（一時頃）に迎えに行くことになってます」

藤棚から出て来た巳之吉が口にすると、

「そうそう、そうだよぉ。日本橋室町《むろまち》、丹波屋、九つ半。そう書いてある。ほっとしたよぉ。中の二丁の他に庭にも駕籠が残っているのかと思ったら、冷や汗が出てしまうじゃないか」

そういうと、お条ははははと声を出して笑う。

お条は、駕籠が出払ってしまうのを目の当《ま》たりにすると、目尻《めじり》を下げる。それだけ駕籠賃が入るのだと胸算用をするのだ。

帳場を担うおりんの祖母の唯一の楽しみは、『駕籠清』の実入りが増えることなのである。

「『丹波屋』さんの行先は品川ということだから、遠くまで済まないねなんて言って、ご祝儀が出るかもしれないねぇ、頭」

　帳面から顔を上げたお粂に声を掛けられた寅午は、

「そうなりゃ、有難いこってすが」

　黄色くなった歯を見せて、苦笑いを浮かべた。

「あれ、音次もいるじゃないか」

　お粂が、初めて気づいたような物言いをすると、

「さっきから居ましたよ」

　音次は軽く口を尖《とが》らせた。

「あぁそうか。浅太郎《あさたろう》が出てこられないんだったね。一人に休まれると、駕籠が一丁、稼ぎに出られなくなるってことなんだよ。一人じゃ担げないんだから、駕籠はねっ」

　お粂は、忌々しげにため息をつく。

「だったら、その辺に〈駕籠舁きを求む〉って貼《は》り紙をしたらいいじゃないのさ」

　おりんがそういうと、

「貼り紙を見て来るような連中が、長く居ついてくれるかどうか、ちょっと怪しいね」

　お粂の口ぶりから、貼り紙にはあまり期待を寄せていないのだと窺《うかが》えた。

「あ、お粂さん」

　木戸門からあたふたと庭に駆け込んできたのは、同じ町内にある『信兵衛店《しんべえだな》』の大

家、三五兵衛《さんごべえ》だった。

「照降町《てりふりちょう》の道安《どうあん》先生を駕籠に乗せて、『信兵衛店』に連れて来てもらいたいんだよ」

「なにごとだよ、大家さん」

お条が尋ねると、三五兵衛は、『信兵衛店』の住人、お松《まつ》が熱にうなされているから医者の道安を連れて来てもらいたいのだという。

三五兵衛が口にしたお松というのは、おりんと同い年の幼馴染《おさななじ》み、完太《かんた》の母親である。

「道安先生は、ここのとこ足腰が弱っているから、ここまで歩いて来させるのは難儀だと思ってね」

「分かった」

お条は三五兵衛にそういうと、

「頭と巳之吉は、道安先生を『信兵衛店』に運んで来てから、『丹波屋』さんに向かっておくれよ」

「へい」

と、声を上げて、寅午と巳之吉は駕籠の置いてある藤棚の方へ向かう。

「道安先生の家は分かるね」

「たしか、照降町の薬屋、『星野屋《ほしのや》』の裏だと」

寅午がお条に返事をすると、

「そそそ」

と、三五兵衛は何度も頷《うなず》く。

「いくぜ」

前棒の寅午の声を合図に後棒の巳之吉も駕籠を担ぎ上げると、手にした細い棒を振りながら、庭から表の通りへと駆け出して行った。


『信兵衛店』は、『駕籠清』の隣りの料理屋を挟んだ西側にあった。

『駕籠清』からは、歩いても二十数歩で着くほどの近さである。

三五兵衛と共に『駕籠清』の庭を出たおりんは、表通りをほんの少し右に進むと、履物屋と豆腐屋の間の小路へと入り込んだ。

小路の奥に立つ『信兵衛店』の木戸を潜《くぐ》るとすぐのところにある井戸端から、五軒長屋が向かい合った路地へと進む。

「わたしだよ」

路地の一番奥に進んだ三五兵衛は、右側の家の戸口に立って声を掛けた。

中から戸が開けられると、竈《かまど》の煙と共に四十近い丸顔のおかみさんが顔を突き出し、

「おや、『駕籠清』のおりんさんも」

「完太のおっ母《か》さんの様子を見て来るよう、お祖母《ばあ》ちゃんに言われてね」

おりんは、訪ねたわけを口にした。

「おはまさん、お松さんの熱はどうだね」

「ま、お入りよ」

おはまと呼ばれた丸顔のおかみさんは三五兵衛にそういうと、体をずらして入り口を開けた。

三五兵衛に続いて土間に足を踏み入れると、おはまより十も年上と思《おぼ》しきおかみさんが水桶に浸《つ》けた手拭いを絞り、板張りに敷かれた薄縁《うすべり》に横になっているお松の額に載せた。眼《め》を瞑《つぶ》ったお松は口を開け、はぁはぁと苦し気な息を吐いている。

「朝からずっと、こんな様子でね」

手拭いを載せたおかみさんが、労《いたわ》しげに呟《つぶや》いた。

「陽気が良くなって、ここのとこは起きてることが多くなってたから、朝餉《あさげ》を食べたかどうか覗《のぞ》いたら、苦しそうにしててね」

煙を出していた竈の薪《まき》を土間に落としながら話をしたおはまが、框《かまち》に腰掛けてお松の方を見た。

「それじゃ、完太が仕事に出掛けた後のことだね」

おりんが独り言のように呟くと、

「そうなんだよ」

と、三五兵衛は頷き、十五になる完太の弟の三吉《さんきち》も、湯屋の焚《た》き付けにする古材集めに出た後だったという。

完太には今年十四になった妹もいるが、住み込み奉公なので知らせるわけにはいか
ないと、三五兵衛は付け加えた。

「あたしは水を汲《く》んで来るよ」

手桶を持ったおはまが路地へ出て行くとすぐ、

「あら親分、おりんさんは中ですよ」

と声を張り上げた。すると、

「具合はどうだね」

嘉平治《かへいじ》が、路地から顔を突き入れて声を掛けた。

「朝から様子は変わらないようですが、中へどうぞ」

三五兵衛が土間を空けようとするのを見て、

「あたしが外に」

おりんが、嘉平治の横をすり抜けて路地へと出たとたん、

「あんたも？」

戸口に立っていたお紋《もん》に眼を留めた。

「あんたを訪ねて行ったら、ここだっていうから、親分さんに付いて来たのよ。完太

のおっ母さんのことも気になったし」

お紋は家の中の方を顔で指し示した。おりんと同じく、幼馴染みの完太の家のことは、お紋も気懸りのようだ。

「水が通りますよ」

おはまの声が路地に響き渡ると、嘉平治と三五兵衛はお松の家の中から急ぎ出て来て、手桶を下げてやって来たおはまに土間を空けた。

「わたしに何かできることはないだろうかね」

お紋が気遣うと、

「こういう時は住人のみんなが面倒見てくれるから、心配はありませんよ」

そう答えて、三五兵衛は頷いた。

「だけど、下馬売りの完太には早く知らせてやりたいね」

おりんがそういうと、

「行先はお城だねぇ」

完太が江戸城で下馬売りをしていることを知っているお紋は、思案するように呟く。

「完太の持ち場は、いつも、大手御門《おおてごもん》の御畳蔵《おたたみぐら》近くだと聞いたことはありますがね」

三五兵衛が口にした途端、

「お父《と》っつぁん、うちで一人溢《あぶ》れてる音次さんに知らせに走ってもらえないかねぇ」

おりんの申し出に、分かったと答えた嘉平治は、ぎくしゃくとした足運びながら、急ぎ表へと向かった。

「おりんちゃんが、親分を使い立てしてるよぉ」

笑みを浮かべたお紋が、からかうような声を張り上げた。

ほどなく日が沈むという刻限ともなると、外の暑さはかなり和らぐ。

幕府から船の納涼が許される川開きは、ひと月以上も先だが、大川を上り下りする船がないわけではない。

吉原《よしわら》や浅草、深川に品川という歓楽の町へ客を運ぶ屋根船や猪牙船《ちょきぶね》は、夜な夜なその数を増やしていると、船頭の市松《いちまつ》から聞いた。

湯屋に行った後、夕餉を摂《と》ったおりんは藤棚の下の縁台に腰を掛けて、夕暮れの町を眺めていた。

緩やかに流れ込んで来る川風のせいで、首に滲《にじ》んでいた汗は引いた。

戸の開いた帳場の土間から、嘉平治とともに出て来た円蔵《えんぞう》と音次が、置いてあった駕籠の長棒に取り付いた。

「これからどこへ」

「柳橋《やなぎばし》から吉原に行くお客だよ」

猪首《いくび》の円蔵がおりんに答えると、前棒に肩を入れた。

「それじゃ」

後棒についた音次が声を掛けると、駕籠は表へと出て行く。

「気をつけてな」

嘉平治の声に、表の通りから「へーい」と二人の声が返ってくるとすぐ、

「おぉ完太、おっ母さんの具合はどうだ」

という、音次の声もした。

駕籠が去った方から姿を現した完太が、

「昼間はわざわざ知らせていただいて、ありがとうございました」

嘉平治の前で、丁寧に頭を下げた。

「お松さんの様子はどうだい」

嘉平治が尋ねると、医者の道安に薬を飲ませてもらって寝たあと、大分落ち着いたと、完太は幾分安堵《あんど》したような面持ちで答えた。

「熱はまだ少しありますが、苦しそうな息遣いはしなくなりました。それもこれも、皆さんのお蔭《かげ》でして」

完太はまた、両手を膝に下ろした。

「それで、夕餉の支度は出来たのかい」

気になっていたことをおりんが問いかけると、

「それが、長屋のみんなが余りもんだと言って、いろいろ持って来てくれたお蔭で、弟とふたりじゃ食いきれないくらいだよ。それに、お紋ちゃんまで煮物を届けてくれた」

「そりゃよかったじゃないか」

おりんは、安堵の声を上げた。

「けど、おっ母さんが起きられるようになるまで、おれは当分下馬売りを休むつもりだ。周りに迷惑はかけられないしな」

「完太、周りは迷惑なんて思ってないから、気にすることはないぜ。誰《だれ》かが困れば手を差し伸べるのが近所付き合いってもんなんだからな」

嘉平治は、穏やかな声で言い聞かせたが、完太は、

「はい、ありがとうございます」

頭を下げただけで、下馬売りについての明確な返事はせず、「それじゃおれは」と小さく口にして、表へと足を向けた。

「おりん、お松さんの様子を見て来な」

「うん」

嘉平治に返事をしたおりんは、庭の木戸門を潜って表通りへ出ると、歩く完太に追いついた。

「仕事休んじまって、暮らしは立つのかい」

「弟も木っ端や古材集めで、ちったぁ稼ぐしよ」

「でも、困ってしまったらあたしに言うんだよ。十両（約十万円）二十両は無理だけど、少しならなんとかなるからさ」

「そん時は頼まぁ」

「うん」

頷いたおりんが、歩調を合わせた途端、

「あ、まだいた」

と呟いて足を止めた完太が、堀留の煙草河岸《たばこがし》の方に眼を留めた。

「誰さ」

おりんは、完太の視線の先に眼を向けた。

河岸の角に立っていたのは、白装束に墨染の衣、笠《かさ》を被《かぶ》った顔の見えない雲水僧だった。

「さっき来るときも、あそこに立って『駕籠清』の方を見てたんだよ」

完太がそう口にした途端、軽く上げていた笠を下ろした雲水は踵《きびす》を返すと、川沿いの道を芝居町の方へと歩き去って行く。

その姿はやがて、黄昏時《たそがれどき》の町に紛れてしまった。

二

煙草屋『薩摩屋《さつまや》』は、『駕籠清』と同じ堀留二丁目にある。

『駕籠清』の横手の出入り口から小道に出て左に行き、ぶつかった丁字路を右へ曲がった道が瓢簞新道《ひょうたんじんみち》となる。

『薩摩屋』は、瓢簞新道の中ほどにあった。

店に入って土間の上がり框に腰掛けたおりんは、煙草の葉を刻んだ臭《にお》いを、鼻を動かして嗅《か》いだ。煙草を喫《の》むのは懲りているが、刻み煙草の臭いは嫌ではない。

完太の母親が倒れた日から三日が経《た》っている。

『薩摩屋』の板張りでは、おりんも顔馴染みの二人の手代が、客の求めに応じて産地の違う煙草の葉を探してやったり混ぜ合わせたりと、忙しく対応している。

刻んだ煙草の葉の入った棚の引き出しを開け閉めする度に、店内に煙草の臭いが流れ出ているのかもしれない。

以前は葉を刻む煙草職人が二十人近くいたらしいのだが、三十年ほど前の寛政期《かんせいき》に木製の歯車付きの刻み機が作られてからは、職人の手はそれほど必要とされなくなったと、以前お紋から聞いたことがある。

「お待たせ」

帳場の脇《わき》の暖簾《のれん》を割って奥から現れたお紋が、おりんの傍《そば》に膝《ひざ》を揃《そろ》えると、小さな包みを三つ置いた。

「奥で、たったいま刻んだばかりの薩摩の葉を混ぜておいたからね」

お紋が、他の客に聞こえないよう囁《ささや》くと、

「ありがとう」

おりんは囁き返す。そしてすぐに、

「煙草代は、仕事から戻った巳之吉さんか円蔵さんが、三人分まとめて届けるらしいから」

普段通りの声を出した。

「だけど、おりんちゃんが人足たちの煙草買いまでするとはね」

「そんなことなんでもないことよ」

おりんは笑って、正直な思いを口にした。

駕籠舁き人足たちは、煙草の葉が残り少ないのに、買いに行く間もなく駕籠を担いで飛び出さなければならないことが度々ある。

そんな時、「おりんさん、戻るまでに『薩摩屋』の煙草を買っておいてもらいてぇ」と頼まれるのだ。

家で仕事という仕事をしていない身としては、お安い御用ではあった。

「それに、『駕籠清』のために少しは役に立たないと、鬼番頭がうるさいんだよ」

そう言って、おりんは小さく笑う。

「下っ引きとしては、お祖母ちゃんに気を遣うってわけね」

「そそそ。おりんあんた、下っ引きになったら、家のことはどうでもいいなんて料簡《りようけん》じゃあるまいねなんて、言い出しかねないからさ」

「お祖母ちゃんが臍《へそ》曲げると、朝夕のお膳《ぜん》のお菜が一品少なくなったりするの？」

「それはない。うちの賄は、あたしのおっ母さんが死んでからは、音次さんのおっ母さんが来てくれて、朝夕とも拵《こしら》えてくれるもの」

「お祖母ちゃんはご飯作らないの？」

「昔から台所仕事はしないんだ。というか、出来ないんだよ。それがね、小さい時分から家の中のことは姉《ねえ》やや婆《ばあ》やがやってくれてたなんて、御姫様育ちみたいなことを平気で口にするんだから、困ったもんだわよ」

「面白いじゃない」

「うん。面白いけど、困ったもんなのよ」

「家の中、飽きが来なくていいじゃない」

「いいけどさぁ、うるさい時は逃げ出したくなるもんよ」

そう言い切ると、「じゃあたしは」と、煙草の包みを手にして腰を上げる。

「そうそう、昨日だけどね」

お紋の声に、表に向かいかけたおりんは足を止めた。

お紋によれば、『駕籠清』の脇を通って杉森稲荷《すぎのもりいなり》の方に入ったところで、追って来た男二人に声を掛けられたという。

「『駕籠清』の嘉平治親分の身内かと聞かれたから、ちょっと面白がって、そうだよって返事したのよ」

「ふぅん、誰だろう」

「一人は、女みたいに細い指をして、左の頰《ほお》に切傷の痕《あと》のある顔には薄く白粉《おしろい》を付けてたわね。もう一人は、髭面《ひげづら》だった」

お紋が口にした人相の男二人に、おりんは心当たりがなかった。

「その二人がわたしの方に近づこうとした時、お紋さんじゃないかって、通りかかった下っ引きの喜八《きはち》さんから声が掛かったら、二人はすっと、杉森新道《すぎのもりじんみち》の方に走って行ったわ」

「お父っつぁんに話してみるけど、お紋ちゃん、嘉平治の娘だなんて、今後は勝手に名乗らないでよね」

大袈裟《おおげさ》に睨《にら》みつけたおりんは、じゃあねと手を上げて、瓢簞新道へと出た。

来た道を引き返したおりんが、丁字路を左に曲がった時、

「泥棒」

男の喚《わめ》く声が背後から上がった。

振り向くと、お店者《たなもの》に追われて、着流しを尻っ端折《ぱしょ》りにした総髪の若い男が猛然と
おりんの方に駆けて来る。

「誰かその男を」

お店者の声に咄嗟《とっさ》に反応したおりんが足先を突き出すと、総髪の男は足をもつれさせてたたらを踏んだあと、腹からばたりと道に倒れた。その時、体を支えようと広げた両手から、何かが地面に飛んだ。

「この男が店先から盗んで行った物です」

追いついたお店者が、地面に散っていた漆塗りの櫛《くし》や銀の簪《かんざし》などを這《は》うようにして拾い上げた。


堀留二丁目の自身番に、鐘の音が届いた。

『薩摩屋』で煙草を受け取ってから大して時は経っていないから、八つ（二時頃）を知らせる時の鐘だろう。

『薩摩屋』の帰りに足を引っかけて、逃げてきた泥棒を地面に倒したのは、『駕籠

清』の戸口がある小道だった。

折よく、仕事から戻っていた伊助《いすけ》と巳之吉が駆け付けて、おりんとともに自身番に引っ張って来てくれた。二人には煙草の包みを持たせて『駕籠清』へ帰したばかりである。

泥棒の手を縛ったおりんは、三畳の板張りの部屋に設《しつら》えられた、ほたと呼ばれる丸い鉄の輪に繋《つな》ぎ止めた。

「おい若い衆、目明かしの嘉平治親分の家の近くで盗みを働いたのが、運の尽きだったねぇ」

畳の間の火鉢近くで帳面を広げていた三五兵衛が声を掛けると、板張りの間に繋がれた泥棒は、萎《しお》れたように項垂《うなだ》れた。

「町の若い者を奉行所に走らせましたが、お役人が見えるまで半刻（約一時間）ほどは掛かりますから、おりんさん、こっちで冷たい水でもどうです」

「ありがとうございます」

返事をしたおりんが、板張りから三畳の畳の間に移って膝を揃えると、湯呑《ゆのみ》に注《つ》がれた水を三五兵衛が置いた。

「いただきます」

そういうと、おりんは湯呑に手を伸ばした。

町の自身番には、町役人になっている町の地主や長屋の大家などが交代で詰めることになっていた。

つい先日も詰めていた三五兵衛に、自身番に着いてすぐ尋ねたところ、

「『繁政《しげまさ》』さんの親戚《しんせき》が弔いということで、今日は、急遽《きゆうきよ》わたしが」

堀江町一丁目にある醬油《しようゆ》屋の屋号を口にした。

「さっきまでは、何ごともなかったというのにねぇ。いや、帳面を開いてみても、この数日、捨て子も行倒れもなく、不審者の通行もないとあります。久しぶりの出来事が、あれですよ」

三五兵衛は、板張りの方に眼を遣《や》った。そしてふと、

「おりんさん、完太のことは耳に入ってますか」

と、少し声を低めた。

「昨日、山の芋や卵を届けに行ったときは、お松さんの熱が下がったと言って、完太はほっとしてましたけど」

「お松さんの心配はなくなったんだがね、完太が困ったことになったんだよ」

三五兵衛は、ほんの少し小さく顔をしかめた。

下馬売りの仕事を二日休んだ完太が、今朝早く、親方のところに顔を出したところ、要らないと言われたというのだ。

休みの穴埋めに来てくれた男を常雇いにすることにしたと、親方からそう告げられたようだ。

下馬売りは、将軍家や大名家にゆかりのある社寺も商いの場所となった。上野寛永寺《かんえいじ》、芝《しば》の増上寺《ぞうじょうじ》、音羽《おとわ》の護国寺《ごこくじ》などにも下馬すべき場所があり、参詣《さんけい》や墓参に訪れる大名も供を待たせなければならないのだ。

多くの下馬売りは、江戸城での商いを終えると社寺へ移動して、主人を待つ供の連中を相手に売りつけるのが常だった。

ところが、寝込みがちの母親を持つ完太は、一日中家を空けることは出来ず、江戸城での商いを済ませたら『信兵衛店』に戻らなければならなかったのだ。

下馬売りの親方は、そんな完太より身軽に動き回れる雇人の方が儲《もう》けに繋がると、算盤《そろばん》を弾《はじ》いたに違いあるまい。


五つ（八時頃）を過ぎた時分だが、夏の夜ともなると、足音や酔っ払いが口にする芝居の台詞《せりふ》などが、絶《た》え間なく表の通りを行き交う。

板張りの天井から吊《つ》るされた四方の明かりの下、おりんは、下馬売りの仕事を断られた完太の一件を、囲炉裏を挟んで向かい合っていたお条に話し終えたばかりである。

「ふぅん」

お粂はそう口にしただけで、囲炉裏の縁に置いていた徳利《とっくり》を摑《つか》んで、自分の盃《さかずき》に注ぐ。

嘉平治は、寄合があると言って、夕餉の前に『駕籠清』を出ていた。

帳場の天井から吊るされた八方の明かりは消され、行灯《あんどん》がひとつ、帳場格子の傍で灯《とも》っている。

料理屋や芝居茶屋に頼まれて客を乗せに出た駕籠が二丁あり、四人の駕籠舁き人足が戻って来るのを、小さな明かりを灯して待っているのだ。

「しかしあれだよ。なにも完太を悪く言うつもりはないけどさ、下馬売りの親方の料簡は、わたしはよく分かるよ」

そういうと、酒の入った盃を手にして、

「だってさ、せっかく日本橋から吉原へと駕籠を頼む上客がいた時、巳之吉とか円蔵なんかが、あたしゃ、仕事は昼までと決めておりますなんて口を利いたらすぐにやめてもらうよ。せっかくの儲けをふいにする商いがどこにあるっていうんだい。え。違うかい」

どうだと言わんばかりに背筋を伸ばしたお粂は、ひと口酒を含んだ。

「そりゃ、そうなんだけどさ」

そう呟いたおりんだが、軽く口を尖らせて、反発も示した。

「それで、完太はどうするつもりなんだい」

お粂に尋ねられたことは、自身番からの帰り、『信兵衛店』に立ち寄ったおりんが既に完太に問い質《ただ》していた。

「仕事は探すよ」

完太はそう返事をしたのだが、これという当てがあるとは思えなかった。

「それで、あたしが口を利けそうな働き口を幾つか挙げたのよ。お紋ちゃんのとこの煙草屋、鎧《よろい》ノ渡《わたし》の市松さんのもとで船頭の見習い、喜八さんの本業の読売や名所案内売り、お栄《えい》さんの居酒屋『あかね屋』の板場、堀江町《ほりえちょう》一丁目の『たから湯』の三助」

おりんがそこまで並べ立てた時、

「ちょいと、お前さんねぇ」

いきなりお粂が口を挟んだ。

「あんた、幾つだと思ってるんだよぉ。十八だよ。町内を見回してごらんよ、『薩摩屋』のお紋ちゃんは別にして、とっくに縁づいたり嫁入りしようって娘さんたちばかりなんだよ。完太の身の上よりも、自分のことや『駕籠清』の先行きを心配するのが先じゃないのかねぇ」

「完太は幼馴染みだし、お松さんにしても完太の弟妹にしても、ずっと前から親戚づきあいをしてたんだ。他人事《ひとごと》には出来ないじゃないのさ」

おりんが真っ向から異を唱えると、お粂は「あぁあ」と大きなため息を吐き、

「それで、完太はなんて返事をしたんだい」

不満たらたらの様子で話を元に戻した。

「考えると言ってくれたけど」

喜んでくれるだろうと踏んでいたおりんとしては、完太の反応は、いささか期待外れではあった。

「今晩はぁ」

戸の開く音がしてすぐ、聞き覚えのある男の声がした。

「誰だい今時分」

お粂が呟くのと同時におりんは立ち上がった。

三和土《たたき》に足を踏み入れていた太郎兵衛《たろべえ》と仏師の宗助《そうすけ》が、上がり口のおりんの足元に、二人並んでごろりと仰向《あおむ》けに寝転ぶと、

「おっ母さん、すまねぇ。酔っちまいましたぁ」

太郎兵衛がおりんを見上げて、ひょいと片手を上げた。

「あたし、りんだけど」

「あ、ほんとだ。顔に皺《しわ》がねぇ。へへ」

小さく笑い声を上げた太郎兵衛がおりんを指さすと、

「わたしの顔のどこに皺があるっていうんだよっ」

お粂は、囲炉裏端から鋭い声を発した。

「夜分に申し訳ありません」

そう言いながら、開いていた戸口から三和土に足を踏み入れたのは、居酒屋『あかね屋』のお栄だった。

「夕刻、二人が連れだって店にお出《い》でになりまして」

飲み食いを始めた二人だったが、いつの間にか、酔った宗助の愚痴を聞いていた太郎兵衛までも酔ったのだと、お栄は告げた。

「そのうち、二人の話し合いは行き詰まったようで、どちらが言い出したか分かりませんが、堀留の嘉平治さんにも相談に乗ってもらおうということになって、こういうことに」

「わざわざすみませんね、お栄さんまで」

「足元が覚束《おぼつか》ないし、二人だけだと堀留の水に落ちる心配もあったから」

労《ねぎら》いの声を掛けたおりんに小さく苦笑いを浮かべると、

「それではわたしは」

お栄は会釈をして、戸に手を掛けた。

「お栄さんもお上がりよ。いいだろう、おっ母さん」

間髪を入れず太郎兵衛が喚くと、

「いいけどさ、肝心の嘉平治さんが、駕籠屋の親方衆たちの寄合に出掛けてしまって、まだお帰りじゃぁないんだよ」

お条はさも困ったような口ぶりをした。

駕籠屋と言っても、人を乗せる駕籠を作る方の駕籠屋の寄合だということを、おりんは出掛ける前の嘉平治から聞いていた。

「それじゃしょうがねぇ。義兄《にい》さんの代わりに、おっ母さんのご意見を伺おうじゃありませんか」

「酔っ払いの話なんか、わたしは嫌だよ」

お条は言下にそう答えたが、その声が聞こえなかったものか、

「ささ、宗助さん。お栄さんも上がって、夏の囲炉裏を取り囲むことにしましょうや」

二人を促して、太郎兵衛は板張りに四つん這いになった。

それに倣った宗助も四つん這いになり、囲炉裏へと這い寄った。

「お栄さん、お店は」

「閉めては来たんだけど」

お栄がおりんに答えると、

「だったら、まぁ、お上がりよ」

お条は鷹揚《おうよう》な口を利いた。

「それじゃ、遠慮なく」

下駄《げた》を脱いで三和土を上がったお栄が、囲炉裏の近くに膝を揃えた。

その時、表の通りから、口三味線をする男の声が忙《せわ》しく通り過ぎて行った。

三

『駕籠清』の囲炉裏の縁に徳利が二本立ち、漬物を取り分けた小皿も四方に置かれている。

酒宴の場となった囲炉裏を、おりんをはじめ、お粂、太郎兵衛、宗助、それにお栄が囲んでいた。

太郎兵衛に頼み込まれておりんが出した徳利の酒は、太郎兵衛も宗助も注ぐのを忘れており、専ら、お粂とお栄とおりんが、ちびりちびりと舐《な》めていた。

「おっ母さんは、宗助のお父っつぁん、治作《じさく》さんが手付《てつけ》を打ったっていう、いちいの木の丸太の一件は承知でしたよね」

「一本が五十両っていう丸太だね」

「その木のことで、家の中でごたごたが巻き起こってることに、宗助さんは胸を痛めているんだよ」

太郎兵衛はそういうと、自分の横でがくりと首を折っている宗助を顎《あご》で指し示した。するると、突然顔を上げた宗助が、

「刃物屋に嫁いでる妹は、お父っつぁんは九十になるまで生きるとは思わないと喚き続けてるんですよ。だから、丸太なんか買っても彫れるわけはない。そんなものに五十両を払うのは、どぶに捨てるのと同じだと、この前、鼻の穴を膨らまして深川の家に怒鳴り込んで来ました」

そういうと、またしてもがくりと首を折る。

だが、父の治作の仕事ぶりを傍で見ている宗助の女房は、「お義父《とう》様は、もしかしたら九十になっても、お彫りになるかも知れません」と口にするという。

ただ、その彫り物が、百両二百両で買い手がつけばいいが、売れなければ、丸太に費やした五十両は死に金になるとも言って、宗助を脅しているらしい。

「女房としては、芝の金杉《かなすぎ》にある実家の船宿が海風にやられてぼろぼろだから、そっちの修繕費用にまわした方が生きたお金の使いようだと泣きつくし、妹は、二人の娘の踊りの温習会にかかる費用が大変だから、丸太よりもそっちに回してくれと喚き続けていまして、お父っつぁんと女どもの間に挟まれて、わたしは息も切れ切れなんですよ」

宗助は、切なげに息を吐いた。

「弱音を吐いちゃいけません、宗助さん。女房がなんだ、妹が何だという気概を持ってですなぁ」

そこまで口にした太郎兵衛は、大きく息を継いだ。

その時、出入り口の戸がすっと開けられた。

「お帰り」

おりんが、外から入って来た嘉平治に声を掛けた。

「お邪魔してまして」

お栄が頭を下げると、太郎兵衛と宗助も呂律《ろれつ》の回らない言葉を口にする。

笑みを浮かべて三和土を上がった嘉平治は、

「今夜はなにごとですか」

おりんとお粂の間に腰を下ろした。

「ほら例の、五十両の丸太のことで、宗助さんの家で揉《も》め事が起きてるらしいんですよ」

お粂は、大事が持ち上がってでもいるように、殊更声を低めた。

「いや、女房や妹のいうことも分かるんですよ。この私にしても、乾燥に二十年もかかる丸太は、どうも、無用の長物になるような気がしないでもありませんでね」

「宗助さん、そんな弱音を吐いちゃいかん。仏師、治作さんの崇高な思いを分かりもせず、死に金だとかどぶに捨てるのと同じだとか口走る輩《やから》は邪鬼なんだ。お不動様の足に踏みつけられたらいいんだっ」

言うと同時に、上体をぐらりと揺らせた太郎兵衛は、板張りに仰向けになった。

「あぁあ、太郎兵衛はこのまま寝ちまうよ」

お粂が、呆《あき》れたように呟いた。

「それじゃ、わたしはこれで」

お栄が腰を上げようとすると、

「それじゃ、わたしも」

「宗助さん、今から深川じゃ難儀ですよ。泊まってお行きなさいよ」

嘉平治が引き留めた。

「ここに来てからは一滴も飲んでませんし、こちらに来て話をしたら、少し酔いは覚めたような気がしますので」

手を突いて体を支えると、宗助は立ち上がった。

「それじゃおれも酔い覚ましにお栄さんを送りがてら、宗助さんを深川まで送り届けてくるよ」

嘉平治まで腰を上げた。

「どうも、夜分お邪魔しまして」

お粂に辞儀をしたお栄に倣って、宗助も会釈をし、三和土に下りた嘉平治が開けている戸から表へと出て行く。

「あたしも表まで」

草履を引っかけて、おりんは表に出る。

嘉平治たち三人の影が表通りの方へ向かい、丁字路を左へと曲がって行った。

ほどなく五つ半（九時頃）という刻限だが、町には煙草河岸の常夜灯や飲み屋から洩《も》れ出る明かりがあるものの、静かである。

遠くの方から、按摩《あんま》の吹いているらしい笛の音が微《かす》かに届いて来た。

「お前、さっきはどうしてお栄さんまで来たと思うんだよ」

表から戻ったおりんが腰を下ろすとすぐ、お粂から声が掛かった。

「酔った叔父さんと宗助さんを送って来たと言ってたじゃない」

そういうと、囲炉裏端で仰向けになって眼を閉じている太郎兵衛に眼を向けた。

「酔ってたって、道に迷うような太郎兵衛じゃないよ」

「だから、足元が危ないからって気配りしたんじゃないの。お祖母ちゃんは何が言いたいのよ」

おりんが眼を向けると、お粂はすっと眼を逸《そ》らし、盃に残っていた酒を一気に飲み干す。

するとと、突然上体を起こした太郎兵衛が、

「おっ母さんは、お栄さんがここに来たかったと、そう言いたいのかい」

「だれがそんなこと」

お粂はぷいとあらぬ方を向いた。

「どういうことなのよ」

「別に」

お粂は、おりんの問いかけにもそっぽを向いたまま気のない返事をする。

「あっ」

太郎兵衛が、思い出したように声を発すると、

「おっ母さん、去年だったか、おれにこっそり言ったことがあったよねぇ」

「な、なんだよ」

お粂が俄《にわか》にうろたえた。

「おまさ姉ちゃんが病で臥《ふ》せっていた頃から、二人はひょっとして、出来ていたんじゃないかなんて、疑っていたじゃないか」

「二人って」

おりんが尋ねると、

「嘉平治さんとお栄さん」

「太郎兵衛っ！」

お条が甲高い声を発すると、

「お祖母ちゃん！」

おりんが怒鳴り声を上げて、お条を睨みつけた。

お条は眼をそらしたまま、膝の上でしきりと両手を揉んでいる。

「けど、あん時ぁ、おっ母さん本気じゃなかったんだろう」

「ははははは」

お条は、太郎兵衛に問いかけられるとすぐ大笑いをして、

「なんだい太郎兵衛、そんなことをお前は真に受けてたのかい。早とちりもいいとこだよ。冗談に決まってるじゃないかよぉ」

手を口に当てたり虚空を叩《たた》いたり、お条は両手を忙しく動かした。

「お祖母ちゃん、あたしは、たとえ冗談にしても勘弁ならないからね。ひとつ屋根に住む身内がそんなことを口にするなんて、あたしは我慢ならないから、この家には一緒にいられないよ」

おりんはきりっと背筋を伸ばし、半ば本気で啖呵《たんか》を切った。

「堪忍しておくれ」

即座に声を上げたお条が、突然両手を突いて這いつくばった。

「あれは去年の秋のことだよ。堺町《さかいちょう》の中村座《なかむらざ》で見た四谷怪談《よつやかいだん》という芝居がいけなかったんだ。貧乏浪人の民谷伊右衛門《たみやいえもん》が、女房を欺いて他の女を娶《めと》るという恐ろしい筋立てを見てすぐのことだったから、わたしはついつい疑り深くなって周りに眼を向けてしまったんだよぉ。本心なんかじゃないんだ。そうじゃない。だから、嘉平治さんにはひとつ内緒《ないしょ》にしておくれよねぇ」

お条は、合わせた両手でおりんを拝み、袖《そで》で口を押さえると、ウウと声を洩らした。

身の周りの誰かから非を責められると、惚《とぼ》けるか大袈裟な芝居をして泣き落とすというのが、前々からのお条の手口だから驚きはしない。

その芝居が上手《うま》いなら感心もするが、余りにもあざといので哀れに思い、大概、つい赦《ゆる》してしまうことになる。

それがお条の狙いなら千両役者だが、その真偽は未《いま》だに分からないし、本気で謝っていたのかどうかも、いつもうやむやのままやり過ごしていた。

朝早くから、夏の産物を売り歩く多くの担ぎ商いが行き交う。

日本橋の大根河岸で仕入れた物を売り歩く者もいるが、農地で採れた青物などを江戸に運び、売り歩く近郷近在の百姓もかなり見掛ける。

西は目黒村や荏原村《えばらむら》、東は浦安《うらやす》や行徳《ぎょうとく》辺りから、船や歩きでやって来るのだ。

酒に酔った太郎兵衛と宗助が、お栄に伴われて『駕籠清』に来た夜から、三日が経った昼である。

ほどなく、麦の秋とも言われる時節となっている。

『駕籠清』の帳場近くに、おりんと完太が神妙に膝を揃えていた。

おりんは、つい先刻、堀留二丁目の『信兵衛店』から完太を連れ出して来たばかりだった。

「なんだいおりんさん、珍しく強張《こわば》ってしまって、完太と夫婦《めおと》にでもなんなさるんですかい」

土間の框に腰掛けて煙草を喫んでいる寅午が、真顔で声を掛けて来た。

「なにをいうんだい」

おりんは即座に聞き咎《とが》めた直後、

「ははは、なんだか、お雛《ひな》様みたいに並んでるよぉ」

嘉平治を伴って来たお粂は、笑い声を上げながら帳場の文机に着いた。

「おれに話があるんだって」

声を掛けながら、嘉平治はおりんと完太の近くで胡坐《あぐら》をかいた。

「『駕籠清』の親方と番頭さんに、頼み事があります」

「え、わたしにもかい」

帳場のお粂が意外そうに顔を上げる。

下馬売りの仕事を失った完太に、仕事の口を利いてやると持ち掛けていたおりんは、幾つかその働き口を伝えていたのだが、さっき、悉《ことごと》く断られたのだと打ち明けた。

「働き口っていうのは何だったんだい」

嘉平治に尋ねられて、おりんは、お紋の家の煙草屋『薩摩屋』をはじめ、お栄が営む居酒屋『あかね屋』などの名を挙げた。

「なにか、働き口が気に入らないのか」

嘉平治は完太に、穏やかに声を掛けた。

「気に入らないっていうんじゃなく――」

完太は、どういえばいいか、言葉を選んだ。

「あたしが聞いたことをいうと、完太は煙草の臭いが嫌らしい」

おりんが口にすると、

「それはすまねぇ」

寅午が、慌てて煙草盆に煙管《きせる》を打ち付けた。

「いや、寅午さん、少しぐらいならいいんですよ。だけど『薩摩屋』で奉公するとなると、建物の中は煙草の臭いだらけだと思うので、それはちょっと」

完太は困ったように、頭に手を遣った。

「市松さんの船で船頭の見習いはどうかとも言ってたんだけど、泳げないから船は怖いらしいし、喜八さんの本業の読売やら細見売りは、人前で声を張り上げなきゃならないから、口下手の完太は尻込みするんだよ。居酒屋『あかね屋』の板場も勧めてたけど、あれは夜の仕事だから、お松さんのこともある完太には無理だと分かった」

「おりんちゃんには、弟が古材集めを頼まれてる『たから湯』の三助も勧めてもらいましたけど、時々湯あたりすることがあるし、おれとしては自信がなく」

おりんに続いて口を開いた完太は、そう言う。

「それであたしが、下馬売りで荷を担いで歩いていた完太なら、駕籠舁き人足が向いてるんじゃないかと言ったら、どうも、まんざらでもなさそうなんだよ」

「はい。おれは、足には自信があります」

「完太を、『駕籠清』の人足に雇ってもらえないでしょうか」

おりんが嘉平治を向いて手を突くと、完太もすぐに倣った。

「おれはともかく、『駕籠清』の帳場を預かってるおっ義母さんが、うんと言ってくれるかどうかだな」

「あら、わたしかい。わたしならあれだよ、おりんの頼みなら喜んで承知しますよぉ」

お粂は、気味が悪いくらいの笑みを湛《たた》えてそう言い放った。

先夜、啖呵を切ったおりんに気を遣ったのかもしれない。

すると、框に腰掛けていた寅午が帳場の方に体を向け、

「わたしゃ前々から、表を行き来する完太を見続けていますが、この足を下馬売りにしておくには勿体《もったい》ないと、ずっと思っておりやした」

と、大きく頷いたのである。


おりんは、駕籠舁き人足として奉公することに決まった完太を送りに、『駕籠清』の庭に出た。

「それじゃ、明日からだよ」

「あぁ」

完太は笑顔で頷くと、『信兵衛店』の方へと去って行く。

ほんの少し見送ったおりんが、引き返そうと体を回した時、お紋の後姿が眼の端に留まった。

堀江町入堀《ほりえちょういりぼり》の東岸、煙草河岸を万橋《よろずばし》の方に行くお紋の後から、まるで張り付くようにして続く、二人の男にも気付き、おりんは咄嗟に駆け出す。

堀江町入堀の西岸を急いだおりんは、川に架かる万橋を西から東に渡って、お紋が近づくのを待った。

「あら、おりんちゃん、芝居を見た帰り？」

笑みを浮かべたお紋が足を止めるとすぐ、

「この前、男二人に、『駕籠清』の嘉平治親分の身内かと聞かれたと言ってたね」

おりんは声をひそめた。

「それがなに」

「うしろをさりげなく振り向いて、立ち止まってる男二人を見てちょうだい。そっとよそっと」

おりんが念を押すと、お紋は髪に挿した簪をいじりながら、さりげなく後方に眼を遣った。そのへんの芝居は心得たものである。

「そう。この前声を掛けてきた男二人よ」

小声で返事をして、お紋は小さく頷いた。

「お紋ちゃん、どこかに行くのなら行ってよ。あの二人にはあたしが聞きたいことがあるからさ」

「分かった」

そう口にして行きかけたお紋は、ふと立ち止まり、

「この間も思ったけど、頭の唐輪髷《からわまげ》をいつも黒羽二重《くろはぶたえ》や紺の結綿《ゆいわた》で巻き付けてるけど、勿体ないわよ。そこんとこに、赤い珊瑚玉《さんごだま》の簪でもすっと横に挿したら可愛《かわい》くなると思うんだけど」

「分かったから、お行き」

「それじゃ」

軽く手を振って、お紋は芝居町の方へと歩き去る。

後方で足を止めていた男二人はお紋を付けるように動き出し、万橋の袂《たもと》に立つおりんの前を通りかかった。

「あんたら、嘉平治の娘に何か用かい」

おりんが声を掛けると、二人の男は訝《いぶか》し気に足を止めた。

髭面の男は三十代半ばと見受けられ、頬被りをした薄化粧の男の顔は尖ったように細く、頬に刀傷の痕が見えた。

「おめぇの知ったことか」

髭面の男は吐き捨てると、頬被りの男を促して歩き出す。

おりんは素早く二人の前に回り込んだ。

「あたしが嘉平治の娘だから、何か用かと聞いたんだよ」

両足を踏ん張って、おりんは二人を睨むように見た。

一瞬戸惑ったような男二人は、すぐに落ち着き、鋭い眼付で身構えた。

「堀留の嘉平治に、何か恨みでも持っているという顔をしているね。二年半前の神田祭の夜、お父っつぁんの足を刺したのはあんた達かっ」

おりんが鋭い声を投げかけると、男二人がびくりとして、右手を懐の方に伸ばしたその時、

「おりんちゃん、捕物か」

日本橋川の方から遡《さかのぼ》って来た猪牙船から市松が声を張り上げた。

すると、男二人は急ぎその場を離れ、万橋を渡って堀江町の通りへと駆け去って行った。

おりんは、男二人の姿が遠くに消えて行くまで見届けた。

四

明日は月が替わって五月になるという、四月三十日の午後である。

地味な色の着物に身を包んだおりんは、黒の絽《ろ》の羽織を着た嘉平治と並んで、深川富吉町《とみよしちょう》の通りを黙々と歩いている。

堀江町入堀の河岸で、おりんが二人の男と対峙《たいじ》した日から、五日が経っていた。

二日ばかり降り続いた雨は、昨日の午後、やっとのことで止《や》んだ。

深川に住む仏師、宗助の使いが『駕籠清』にやって来たのは、雨が止んだその日の夕刻だった。

宗助の父、仏師の治作が三日前に息を引き取った——それが、使いの者の用件の趣であった。

そして今日、おりんは、宗助を訪ねるという嘉平治に付いて永代橋《えいたいばし》を渡ったのである。

御用の筋ではなかったので、嘉平治は十手を懐の奥に差して家を出ていた。

「堀留の嘉平治ですが」

治作の家に着いて声をかけると、ほどなく宗助が戸を開けて、家の中に招じ入れてくれた。

「まずは、仏に線香を」

そう言った宗助は、嘉平治とおりんの先に立ち、廊下の奥へと向かった。

広い家の中はしんと静まり返っていた。

座敷に案内された嘉平治とおりんは、仏壇の前に並んで座った。

仏壇の中には真新しい白木の位牌《いはい》があった。

嘉平治が火の点《つ》いた線香を立てて手を合わせると、その横でおりんも手を合わせた。

「朝、いつまでも起きて来ないので倅《せがれ》に見に行かせると、息がないということでしたよ」

宗助が、お参りを終えた嘉平治とおりんに、静かに口を開いた。

そして、治作の弔いともなると、親戚やかつての弟子などがやって来て何かと混み合うので敢《あ》えて知らせなかったという。

嘉平治には、弔いが一段落した後に来てもらうことにしたのだと、頭を下げた。

「それで、仕事は」

嘉平治が尋ねると、

「今日から始めましたよ。静かにしているより、家の中に鑿《のみ》を叩く音を響かせるほうが、仏も安心するような気がしましてね」

そういうと、宗助は笑みを浮かべた。

「あぁ。それが、供養ということかもしれないねぇ」

嘉平治は、うんうんと小さく頷いた。

「嘉平治さん、作業場へ行きませんか」

宗助に誘われた嘉平治は、即座に「ええ」と頷いて腰を上げた。


座敷を出た嘉平治とおりんは、先に立つ宗助に続いた。

廊下の角を二つ曲がった先にあった引き戸を開けると、その奥に、以前足を踏み入れたことのある作業場があった。

建て増しをして母屋に繋げた作業場は、三方に明かり取りがあって、座敷に比べると数段明るい。

「親父《おやじ》が使っていた場所は、わたしがもらうことにしましたよ」

そういうと、宗助は様々な大きさの木材や道具に囲まれた、畳一畳ほどの莫蓙《ござ》の上に胡坐をかいた。

「となると、宗助さんが座っていたところに、松太郎《まつたろう》さんですか」

嘉平治は、以前、宗助が座っていた場所に眼を向ける。

「いや、倅は、そのままでいいというんですよ」

そう言って、宗助は笑みを浮かべた。

倅の松太郎が座っていた場所に眼を向けたおりんは、

「あ」

と、声にならない声を出して、一点に眼を留めた。

松太郎の座る場所に近い作業場の一角に、木場の材木屋で見たのと同じような丸太が立っていた。

五尺（約百五十センチ）を超える高さの、大人でも一抱え以上はある太い丸太である。

「おりんさん、気が付きましたか」

宗助の声に、おりんは大きく頷く。

「治作さんが手付を打っていた、あの、いちいの丸太ですか」

嘉平治も凝視した。

「親父が死ぬ、前の日に届いたんですよ」

宗助の声に湿り気はなく、しみじみとした響きがあった。

「親父が貯めていたのか、どこからか工面したのか、残りの四十八両を頂いたと、届けに来た材木屋はそう言ったんですよ」

そういうと、宗助はしきりに首を傾《かし》げた。

「今日はわざわざどうも」

母屋の方からお盆を抱えてきた松太郎が、嘉平治ら三人に茶の注がれた湯呑を置いて、丸太近くの自分の場所に腰を下ろした。

「丸太が届いた日、親父は半日近くも座り込んで丸太を眺めてましたよ。夕方になった時分、丸太を見ていた親父の顔が急に綻《ほころ》びまして、この中に、地蔵菩薩《ぼさつ》様がお出でになると言って、赤子のような笑顔になったんです」

宗助の話を聞いた嘉平治とおりんは、片隅の丸太に眼を向けた。

「仏像を彫るわたしどもは、子供の時分から折に触れ聞かされるんですが、お釈迦《しゃか》様が入滅してから何十億年という年月の後に弥勒如来《みろくにょらい》様が現れるまでの間、この世の六道で苦しむ人々を導くのが地蔵菩薩様だそうです」

宗助の話す言葉は、おりんにはよく分からなかった。

だが、丸太の中に菩薩様を見た翌朝、治作が静かに息を引き取ったという出来事には、人智では計り知れないなにかを感じる。

「親父が死んで困ったのが、あのいちいの丸太ですよ。あれがあると知ったら、妹や女房がどう出るか知れませんからね」

宗助は声をひそめた。

「宗助さんのおかみさんは、丸太が届いたことをご存じじゃないんですかい」

おりんが気になっていたことを、図らずも、嘉平治が口にした。

「女房は、作業場の出入りには無頓着《むとんちゃく》ですんで、それは助かりました。それで、女房や妹に知られる前に五十両の丸太を材木屋に引き取ってもらおうと思ったんですよ。うちの揉め事の種になることは明白でしたからね」

宗助の気持ちが痛いほど分かったおりんは、思わず頷いてしまった。

「そしたら、倅が、待てと言い出しまして」

そう呟いた宗助は、松太郎の方に眼を遣り、

「あの丸太の乾燥が終わる二十年あとに、自分が彫ってみたいと言い出したんですよ」

そう打ち明けた。

宗助の声が届いたものか、松太郎が、眼を向けていたおりんと嘉平治に小さく会釈をした。

「倅の申し出を聞いて、わたし、あぁそういうことかと思いましたよ」

そこで大きくため息をついた宗助は腰を上げ、丸太が立っている作業場の一角に向かう。

おりんも、嘉平治に続いて丸太の近くに立った。

木に鉋《かんな》を掛けていた松太郎は、何ごとかという顔をして、手を止めた。

「親父は、彫れるものなら、二十年後、九十になってもあの丸太を彫るつもりでいたんだと思いますよ。でも、九十まで生きるというのは、至難の業《わざ》だということもよく知っていたでしょう。ですからね、もし、自分が彫れない時は、わたしか孫の松太郎に託すつもりもあったと思うんですよ。仏師としての思いを、後の者に繋いでもらおうとして、あのいちいの丸太を用意して、あの世に行ったような気がしてるんです」

言い終えると、宗助は自分の手で丸太をとんとんと、愛《いと》しげに叩いた。

「宗助さんも、彫るとしたら地蔵菩薩ですか」

嘉平治が問いかけると、

「いやぁ、親父と同じ仏様が見えるとは限りません。木の中にお不動様を見つけるかもしれませんしね」

宗助に笑顔が広がった。

「松太郎さんは、何を彫るんですか」

おりんは、彫ると言い出した松太郎の思いを聞いてみたくなった。

「まだ、決めてません。乾燥し終わるまであと二十年は掛かりますから、それまでに彫りたいものが見つかればいいいと、そう思ってます」

その声には、気負いも衒《てら》いもなく淡々としており、年の近いおりんとしては、いささか引け目を覚えた。

立っている丸太に、いきなりすっと日が当たった。

西に傾き始めた日が、明かり取りから射し込んだのだ。


永代橋の東詰一帯は西日に輝いていた。

深川北川町《きたがわちょう》の宗助の家を訪れたおりんと嘉平治は、一刻ばかりで辞去した。

宗助の家を後にしてすぐ足を止めた嘉平治が、

「帰りは、油堀《あぶらぼり》を回って行くか」

そう口にして、来た道とは反対の方へ足を向けた。

深川北川町は永代橋東詰の近くにある信濃松代《しなのまつしろ》藩、真田《さなだ》家下屋敷の裏手にあるので、下屋敷の南側を大回りして行くのも、北側を大回りして永代橋に行くのも、歩く道のりに大した差はないらしい。

油堀西横川に沿って北へ向かい、油堀の一色河岸《いっしきがし》に出た嘉平治は、緑橋《みどりばし》を渡って大川の東岸へと足を向けた。

深川の細部に明るい訳ではないおりんも、道がどこに向かっているかくらいは読み取れる。

案の定、大川端に出た嘉平治は、人けのない永代河岸に沿って南へと向かう。

川沿いの町は、深川佐賀町《さがちょう》である。

右手の西日をまともに受けて、永代橋の東詰に至る河岸の建物はくっきりと陰影を分けている。

永代橋の袂に差し掛かった時、永代河岸の日陰で何かが動いた。

「おりん、気を付けろ」

嘉平治が低く鋭い声を発した。

その直後、立て掛けられた材木の陰から、西日を背にした人影が二つ、おりんと嘉平治の行く手に立ち塞《ふさ》がった。

「物取りか」

嘉平治が問いかけたが、二つの影からはなんの返事もなく、じりっと足を動かして間合いを詰めた。

その二人の横顔に日が射して、見覚えのある髭面の男と、頬に傷痕がある薄化粧の男とわかった。

「お父っつぁんを狙《ねら》っている二人だよ」

おりんは、嘉平治の娘だと思い込んでお紋に近づいた二人だということを、手短に告げると、

「おれになんの用だ」

嘉平治の声に凄《すご》みが加わった。

「意趣返しだよ」

嘉平治とおりんの背後から、別の男の声がした。

その男の頭は坊主のように剃《そ》られており、薄気味の悪い半眼を嘉平治とおりんに向けていた。

おりんと嘉平治は、前後から挟まれてしまった。

「おれにどんな恨みがあるんだよ」

嘉平治は落ち着いた声を出すと、前後の相手の動きに鋭く眼を走らせる。

「いちいち恨みの説明をする気はねぇよ。目明かしの嘉平治を殺しましたと、恩ある人に知らせればいいだけのことだ」

丸坊主の男はそう言い終わると、突いていた杖《つえ》に仕込まれた刀を引き抜いた。

同時に、髭面と薄化粧の男も匕首《あいくち》を抜く。

「傍にいちゃ、おめぇも危ねぇ。おれから離れろ」

懐の十手を取り出した嘉平治に指示されたおりんは、

「そうする。その方が鉤縄《かぎなわ》は使いやすいしね」

「なにっ」

嘉平治が声に出した時には、袂から取り出した鉤縄を摑んで、おりんはツツッと、傍を離れていた。

「娘はいいから、嘉平治をこっちに追い込め」

丸坊主が叫ぶと、髭面と薄化粧の二人は、匕首を手に嘉平治へと迫った。

すると嘉平治は十手を向けて、匕首の二人に向かって突進した。

予期しない反撃に慌てた匕首の二人が、咄嗟に左右に分かれた隙間《すきま》を突いて嘉平治はすり抜けた。

前後を挟まれるより、三人と対峙する方が防ぎやすい。

鉤縄を解いたおりんは、いつでも援護出来るよう、細縄に結ばれた鉄の鉤を手元でくるくると回し、その機を窺っている。

「野郎」

呻《うめ》くような声を発した髭面の男が、嘉平治に向かって突進した。

嘉平治にすれば、闇雲《やみくも》に突っ込んで来る相手には慣れている。

おりんが睨んだ通り、突進する髭面の男が三、四尺（約九十センチから百二十センチ）まで近づくのを待った嘉平治は、突然体を躱《かわ》して相手の背中に十手を叩きつけた。
「ウアァ！」

手から匕首を落とした髭面の男は、たたらを踏んだまま、立て掛けられた材木に頭から突っ込んで地面に転がる。するとすぐ、男の上に棒や板が音を立てて倒れて、砂《すな》埃《ほこり》を舞い上げた。

その直後、いつの間にか嘉平治の横に回り込んでいた薄化粧の男が、するすると足音を殺して迫って行くのがおりんの眼に留まった。

「お父っつぁん、左っ」

その声に、咄嗟に反応した嘉平治は、シュッシュと胸元を突いて来る薄化粧の男の匕首を十手で払ったり叩いたりしながら、なんとか防ぐ。

すると、仕込みの刀を腰の横に構えた丸坊主の男が、薄化粧の男を相手にしている嘉平治を目掛けて猛然と駆け出した。

薄化粧の男の鋭い切先を後退《あとじさ》りしながら防いでいた嘉平治が、古傷のある左足を庇《かば》うようにして、突然がくりと、右の膝を地面につけた。

おりんが、鉤縄を回しながら嘉平治の方へと駆け出すのと同時に、薄化粧の男が匕首を頭上に振り上げた。

おりんは咄嗟に鉤縄を放った。

風を切って空を伸びた鉤縄は、嘉平治に匕首を振り下ろそうとした男の右腕に巻き付いた。

その細縄をおりんが力を込めて引くと、足をもつれさせた薄化粧の男は地面に倒れ込んだ。

そこへ迫った丸坊主の男は、倒れた男の腕から伸びた細縄に気付かず足を引っかけて倒れ込んだ。

「うっ」

細縄を巻いた右の掌《てのひら》に痛みを覚えたと同時に、おりんは丸坊主の男が腹から地面に倒れ込む姿を眼にした。

歯を食いしばって立ち上がった嘉平治は、痛みにのたうつ丸坊主の男の帯を摑んで引きずり、倒れている薄化粧の男の横にどさりと落とした。

「二人纏《まと》めて縄を巻け」

嘉平治の指示に頷くと、おりんは薄化粧の男の腕に巻き付いた鉤から伸びている細縄を丸坊主の男の体の下に通して、並んだふたつの体をひとつにして巻いた。

短い間に激しく闘いぬいたおりんは、両肩を大きく上下させて、息を継いだ。

深川佐賀町の自身番の中は、西日に染まっている。

三畳の畳の間に座っているおりんと嘉平治に近づいた下っ引きの丈吉《じようきち》が、

「白湯《さゆ》のお代わりは如何《いかが》で」

手にしている土瓶を控え目に掲げた。

「いや、もういいよ。水っ腹になっちまう。どうか、気を遣わないでもらいてぇ」

嘉平治が笑み交じりでそういうと、丈吉は会釈をして、土瓶を部屋の隅に戻した。

おりんは、空の湯呑を二つ重ねると、

「ごちそう様」

と、丈吉の近くに置いた。

その時、畳の間と隣り合った板張りの三畳間から、小さな呻き声がした。

隣りの板張りの間には、板壁に設えられたほたに繋がれた三人の男が、後ろ手に縛られて座っている。

永代河岸で嘉平治とおりんに刃を向けた、丸坊主の男ども三人である。

二人の男を鉤縄で巻いたあと、空の大八車を曳《ひ》いて通りかかった男たちの手を借りて、佐賀町の自身番に運び込んだのである。

材木の下で気を失っていた髭面の男は、自身番に繋がれるとすぐ気が付いた。

土地の目明かしの松蔵《まつぞう》が、下っ引きの丈吉を残して奉行所に走ってから、一刻ほどが経っている。

表から玉砂利を踏む音がしてすぐ、

「入るぜ」

聞き覚えのある声がして、同心の磯部金三郎《いそべきんざぶろう》が、仙場辰之助《せんばたつのすけ》と松蔵とともに畳の間に上がって来た。

「事の仔細《しさい》は、松蔵から聞いたよ」

金三郎は嘉平治にそういうと、板張りの部屋にずかずかと入り込んだ。

「なんとも、面白い面構えをしてるねぇ」

繋がれた三人に顔を近づけた金三郎が、

「嘉平治、こいつら何者だい」

と、問いかけた。

「一切、口を利きませんで」

「ほう」

金三郎は、そういいながら腰の刀を引き抜くと、繋がれた三人の男たちの前に突き立て、

「お上の御用を務める目明かしを狙ったからには、奉行所に喧嘩《けんか》を売ったと同じことだぜ」

凄みを効かせて三人を睨みつけた。

「そんなつもりは」

髭面の男が、声を震わせた。

「どんなつもりがあったんだよぉ」

「五年前、嘉平治に捕まって島送りになった親分が、大島で死んだという知らせが届いたもんで」

金三郎に威圧されたように、丸坊主の男が口を割った。

親分は、死ぬ間際まで嘉平治への恨みを抱いていたと知り、それを晴らそうとしたのだということを白状した。

「それは逆恨みというものだ」

辰之助が、冷ややかに断じると、

「逆恨みにしたって、恨みは恨みだよぉ」

薄化粧の男が、さらりと口にした。そして、

「同心や目明かしが怖《こわ》くて泣き寝入りでもしたら、おれらの渡世じゃ笑いものにされるんだ」

とも付け加えた。

「なるほど。親分兄弟の敵《かたき》を取れば、お上に歯向かった義理ある男だと、渡世うちで名を挙げられるって寸法か。そういうことなら、おれらを恨む奴《やつ》は返り討ちにしてや

るから覚悟しろと仲間に言ってやれ。とはいえ、お前ら三人、二度と娑婆《しゃば》は歩けねぇから、仲間に伝えることは出来ねぇがなぁ」

金三郎はそう言い放つと、床に突き立てていた刀を抜いて鞘《さや》に納め、

「嘉平治、この中に、二年半前、おめぇの足を刺した奴はいねぇんだな」

と、嘉平治に顔を向けた。

「へぇ。おりません」

嘉平治は即座に返事をした。

神田明神の祭礼の警固に加わっていた嘉平治が、人混みに紛れていた何者かに左の足を刺されるという奇禍に遭ったのは、二年半ほど前の九月のことだった。

「頬被りをして顔形は朧《おぼろ》でしたが、提灯《ちょうちん》や雪洞《ぼんぼり》の明かりのお蔭で、あの男の眼は覚えております。この三人とは違い、あの夜の男の眼はとてつもなく冷ややかで、不気味な闇のようでした」

そう語った嘉平治の横顔には、滅多に見たことの無い険しさが漂っていた。

五

先刻から、掛け声とともに、指示を飛ばす男の声が聞こえている。

窓辺近くに置いた鏡に頭の後ろを映したおりんは、束ねた髪を纏める結綿の色を何色にするかと、あれこれ迷っていた。

開け放した障子の外に、日を浴びた桐の葉が見えている。

日本橋本石町《ほんごくちょう》の時の鐘が四つ（十時頃）を打ったのは、ほんの少し前だった。

永代橋で三人の男どもに襲われたのは四月の晦日《みそか》のことである。

それから二日が経った今日は、月が替わって五月二日になっていた。

深川佐賀町の自身番では、詳細を話さなかった男たちは、小伝馬町《こでんまちょう》の牢《ろう》屋敷でのお調べに際し、ついに細かく口を割っていた。

昨日、そのことを知らせに来た仙場辰之助によれば、三人の男たちの親分というのは千住《せんじゅ》の博徒だったという。

五年前、千住で開いた賭場《とば》に役人の手入れがあった時、辛くも逃げおおせた親分は、日本橋の堺町横丁の情婦の家に潜り込んだのだが、五日後、行方を嗅ぎつけた嘉平治によって取り押さえられたという顛末《てんまつ》が判明した。

水色の結綿で髪を巻いたおりんは、「よし」と声を発して立ち上がり、窓辺から首を突き出した。

眼下の庭で、後棒の音次と組んで駕籠を担いだ完太が、相棒と息を合わせて歩くのに四苦八苦していた。

「まずは、掛け声で息を合わせることだな」

藤棚の下の縁台に腰掛けた寅午が、煙管を片手に声を張り上げた。

「担ぎ上げたら、一旦動きを止めるんだ。そこで、後棒の俺が、エッホという。それに応えて、おめぇもエッホと声を出してからつっと足を出すんだ」

音次の指導に、完太が素直に頭を下げた。

そこへ、表通りからやって来た嘉平治が庭に入り込んだ。

「お帰り」

おりんが声を掛けると、嘉平治も完太たち人足も二階に眼を向けた。

「なんだ、おりんさん見てたのかい」

そう言うと、寅午が煙管を咥《くわ》えた。

「おめぇ、ちょっと下に下りて来い」

嘉平治は、おりんに声を掛けるとすぐ、土間に入り込んだ。

階段を下りたおりんが辺りを見回すと、囲炉裏には誰も居ず、衝立《ついたて》の向こうの帳場で帳面を付けるお粂の姿があった。

「こっちだよ」

嘉平治の声がしたのは、障子の開いた居間の中からである。

居間に入ると、神棚を背にした嘉平治が、長火鉢の前で膝を揃えていた。

「ま、座んな」

指示された通り、長火鉢を間にして、おりんは嘉平治と向き合った。

「おや、親子して何ごとだね」

好奇の眼を丸めて、お粂が居間に入り込んだ。

神棚の方に体を回した嘉平治は、三宝に載っていた書付を取って、火鉢の猫板に置き、そこに、腰の帯から抜いた十手を載せた。

「嘉平治さん、あんた」

お粂が掠《かす》れた声を発した。

「今日から、おれが受け持っていたこの一帯の目明かしは、おめぇに任せることにしたよ」

嘉平治の言葉に、おりんは口を開けたものの、声にはならなかった。

「目明かしってものは、悪さをする者を捕えるだけが務めじゃねぇ。町内に起きる日々の困りごとにも眼を配り気を配らなくちゃならねぇ。このひと月ばかり、おめぇの様子を見てきたが、おめぇなら、やれそうな気がしたから、今朝、磯部様の了承を得てきたんだ」

「わたしの了承はどうなるんですよ」

お条の声には、恨みがましさが満ち満ちている。

それには構わず、嘉平治はおりんの顔をじっと見て、

「ひとつの持ち場には一人の目明かしというのが習わしだから、おれはもう目明かしとは名乗らないが、身を引くわけじゃねぇ。おめぇの後見として、うるさく物は言わせてもらう」

心強い父の言葉に、おりんは大きく頷いた。

「十手を持てば、この前の嘉平治さんのように、おりんも逆恨みを向けられて襲われることにもなるんだよ。二人とも、それでいいのかい」

「お祖母ちゃん、十手を持たなくったって、嘉平治の娘というだけで狙われたことがあるんだよ。そんな定めが嫌だというなら、尼寺に入るしかないじゃないか」

「だったら、おりんあんた、尼さんにおなりっ」

お条が喚いた。

「あたしが、尼寺で勤めが出来ると思う?」

おりんが静かに問いかけると、お条は、小さく首を横に振った。

「あたし一人なら心もとないかもしれないけど、お父っつぁんの後見もあって、弥五《やご》平《へい》さんや喜八さんが付いてくれれば百人力さ」

おりんは、肩を落としたお条に笑いかけた。

「この十手は、おれの義理の父親、清右衛門《せいえもん》さんから譲られたもんだが、この先、おめぇに目明かしのお務めは無理だと思った時は、容赦なく取り上げるからそのつもりでな」

口ぶりは静かだったが、厳しさの籠《こも》る嘉平治の眼を見たおりんは、

「分かりました」

と、大きく頷いた。

その時、

「十手を取り上げるなら、わたしがたった今取り上げてやるっ」

そう口にしたお粂が、猫板に置いてあった十手を両手で摑んだ。

「おっ義母さん」

「お祖母ちゃん」

おりんは咄嗟に、十手に手を伸ばしたが、お粂はそれを渡そうとはしない。

「こんなもん、なにも代々受け継がなくったっていいじゃないか。引き継ぐのは『駕籠清』の算盤にすりゃよかったんだ。清右衛門は、どうしてこんなものを譲り渡してしまったんだよ。こんなもん、わたしが大川に放り投げてやるっ」

「冗談じゃないっ」

おりんは、お粂の手から、十手をもぎ取ると、

「おっ義母さん、これはもう、世の定めと思うほかありませんよ」

嘉平治はお粂を宥《なだ》めるように、静かに語り掛けた。

「『駕籠清』を始めた清太郎《せいたろう》さんが、おっ義母さんの婿に清右衛門さんを迎え、その清右衛門さんが俠気《おとこぎ》を買われて目明かしになったのが、今日の始まりだったんですよ。一人娘のおまさの婿にと、よりによって目明かしのわたしに声がかかったのも、何かの縁としか言いようがありません。ですから、おりんのことも、どうか、料簡してもらいてぇなぁ」

嘉平治が小さく頭を下げるのを見て、おりんもそれに倣った。

「ついでにもう一つ言っておくが、お前がきちんと務めを果たせば果たすほど、恨まれたり憎まれたりすることがあるということは、肝に銘じておくんだぜ」

「はい」

おりんは、頷いた。

「あぁあ。『駕籠清』は、この先どうなっちまうのかねぇ」

わざとらしく声を張り上げたお粂は、さらに大きく、「はぁ」と息を吐いた。

昼近い堺町や葺屋町《ふきやちょう》の通りは、賑《にぎ》わっていた。

市村座《いちむらざ》と中村座の芝居は朝から夕刻までの興行である。

途中から入る人もいれば、見たい演目だけ見て芝居小屋を後にする者もいて、幕が開いていても通りに人の姿の絶えることはない。

芝居町周辺には、芝居茶屋をはじめ、料理屋や様々な食べ物屋、品揃えのいい小間物屋、土産物屋などが軒を連ねており、買い物や食べ物を目当てにする人たちも集まって来る。

そんな中、初めて帯に十手を差したおりんが、晴れやかな心持ちで芝居町の通りを人形町通《にんぎようちようどおり》の方へと歩いていた。

目明かしになったことをひけらかす気はさらさらないが、十手を差して歩くと心持ちはついつい高ぶる。

「ちょいと、おりん、にやにやしてどこに行くのさぁ」

どこからか男のだみ声が飛んで来た。

「二階よ」

立ち止まったおりんが、声の掛かった方を見上げると、茶屋の二階に張り出した手摺《てす》りから、市村座の床山の文吉《ぶんきち》が身を乗り出していた。

「小屋にいなくていいのかい」

「ここで髪結いを頼まれてたんだよぉ」

と、文吉は、髪をなでつける時に使うなぎなたを持った手を、おりんに向けて振った。

おりんも軽く手を振って、人の流れに紛れ込んだ。

実に様々な人とすれ違う。

江戸見物に来たと思しき男の一団もいれば、深編笠《ふかあみがさ》の武士もいた。

虚無僧もいれば、笠を被った雲水も通り過ぎた。

ふと足を止めて、おりんは振り向いた。

雲水笠を被り、薄墨の衣を着た僧侶《そうりょ》の姿を、いつかどこかで見たような気がしたのだが、雲水姿など、特段珍しくはない。

『お前がきちんと務めを果たせば果たすほど、恨まれたり憎まれたりすることがあるということは、肝に銘じておくんだぜ』

さっき嘉平治に言われた言葉を気にしすぎていたせいかも知れない。

十手を貰《もら》ったばかりだから、恨みを買うほどの捕物をしてはいないが、この先には不気味な闇が待ち受けているのかもしれない。

俄に気を引き締めて、おりんは雑踏に足を踏み出した。